Historie von der schönen Insel Helgoland

In Verse gebracht
und mit Zeichnungen versehen
von James Krüss

Husum

Umschlaggestaltung unter Verwendung des Gemäldes „Helgoland von der Düne gesehen“ von Fritz Stoltenberg

Bibliografische Information der Deutschen Nationalbibliothek

Die Deutsche Nationalbibliothek verzeichnet diese Publikation in der Deutschen Nationalbibliografie; detaillierte bibliografische Daten sind im Internet über http://dnb.dnb.de abrufbar.

4. Auflage dieser Ausgabe 2023

Gesamtherstellung: Husum Druck- und Verlagsgesellschaft
Postfach 1480, D-25804 Husum – www.verlagsgruppe.de

ISBN 978-3-89876-764-4

I.

Prolog

Irgendwo ins grüne Meer
Hat ein Gott mit leichtem Pinsel,
Lächelnd, wie von ungefähr,
Einen Fleck getupft: Die Insel.

Und dann hat er, gut gelaunt,
Menschen diesem Fels gegeben
Und den Menschen zugeraunt:
Liebt die Welt und lebt das Leben!

Doch die Menschen (wie bekannt)
Können selten widerstehen,
Mit dem Pfand aus Gottes Hand
Reichlich lässig umzugehen.

Die Geschichte jedenfalls
Weiß von reichlich lockren Zeiten.
Aber, Freunde, nehmt sie als
Lächelnde Unachtsamkeiten.

Wie's dann auch die Insel treibt:
Wenn das Lächeln nicht versauert,
Darf man hoffen, dass sie bleibt;
Denn das Lächeln überdauert.

Und so will ich den Bericht
Dieser Insel lächelnd schreiben.
Und (wie üblich im Gedicht)
Unter- oder übertreiben.

Zwar – den himmlischen Papa
Zu ergründen, war verwegen.
Doch was war und was geschah,
Sag ich gern mit Gottes Segen.

Und so schling ich, ihm zum Preis,
Meine grünrotweißen Bänder;
Denn der Alte, wie man weiß,
Ist ja selbst ein Helgoländer.

II.

Steinzeit-Erinnerungen

Als die Steinzeit Mode war,
Sprudelte ein Quellgerinnsel,
Unvergleichlich süß und klar,
Irgendwo auf unsrer Insel.

Klug, wie Insulaner sind,
Sagten unsere Steinzeit-Ahnen:
Wo ein süßes Quellchen rinnt,
Kommen durstige Germanen.

Sprudelwasser bringt was ein.
Und so warb man auf das Beste
Durch den Insel-Quell-Verein
Bald die ersten Badegäste.

Ein Prospekt ward flink versandt,
Säuberlich in Stein gehauen,
Und die Insel ward bekannt
In den Nordgermanen-Gauen.

Schon als die Saison begann,
Kamen sieben Wiking-Kutter.
(Die Pension betrug pro Mann
Täglich drei Pfund Ziegenbutter.)

Männer tranken Insel-Met
Im Lokal „Zum Fafnir-Drachen".
Damen trugen früh und spät
Ichthyosaurus-Badesachen.

Erster Bad-Direktor war
Ein gewisser Hödur Dreyer.
Und ein Wotan Seehundshaar
War der erste Bootsverleiher.

Dessen Bart war feuerrot.
Manche hübsche Steinzeit-Dame
Fragte er in seinem Boot:
„Schöne Frau, wie ist dein Name?"

Diese leichte Lebensart
Unsrer Urgermanen-Väter
Und so mancher rote Bart,
Sie vererbten sich auf später.

Denn ob man „Dap Dreyer" heißt
Oder „Wotan von der Elbe",
Ist bedeutungslos. Zumeist
Bleibt der Menschenschlag derselbe.

Kurz und gut und jedenfalls:
Insulanerblicke klebten
Schon an Damenhüften, als
Noch die Steinzeitleute lebten.

Nur war damals der Begriff
Von der Sünd noch nicht erfunden,
Und es gab in manchem Schiff
Hübsche Schäferinnen-Stunden.

Helgoland als Bad gedieh
Auf die angenehmste Weise.
Und von selber irgendwie
Stiegen Bad- und Bettenpreise.

Immerfort von weit und breit
Kamen neue Gästepaare.
So vergingen mit der Zeit
Spielend an die tausend Jahre.

Doch vom Steinzeit-Helgoland
Zeugt heut nur noch eine Stelle.
Und das ist im Unterland
Reimer's Restaurant „Zur Quelle".

Hier ist alles wie zuvor.
Munter wie die Steinzeitahnen
Brülln und saufen hier im Chor
Unsre heutigen Germanen.

Sonst blieb nicht mehr allzu viel,
Nur die Reste von Skeletten,
Ein paar Gräber in Sapskiil
Und – die Preise für die Betten.

Es ist stets derselbe Kram
In der Zeiten heitrem Reigen.
Das, was nach der Steinzeit kam,
Wird die nächste Folge zeigen.

III.

Griechisch-Römisches

Ob das alte Griechenland
Von den Inselchen der Friesen
Auch das unsere gekannt,
Ist bis heute nicht erwiesen.

Ptolemäus, sagt man zwar,
Hab die Insel schon beschrieben.
Doch ob sie es wirklich war,
Das ist zweifelhaft geblieben.

Dass das Tor des Herkules
Unser Helgoland gewesen,
Ist ein Witz. Doch kann man es
Immer noch in Büchern lesen.

Sicher aber weiß man heut,
Dass der römische Gevatter
Tacitus in alter Zeit
Herkam als Berichterstatter.

Fromm erstaunt erfahren wir
Von dem römischen Gelehrten,
Dass die Insulaner hier
Eine Göttin hoch verehrten.

Nerthus hieß sie, Hertha auch.
Und um Nerthus zu beschenken,
Pflegte man nach altem Brauch
Sieben Knechte zu ertränken.

Zwar – das war ein rauer Ton.
Doch beweist uns dies Verfahren,
Dass die Insulaner schon
Damals Kavaliere waren.

Das war Anno Domini
Achtundzwanzig oder dreißig.
Und die Insel-Homini
Waren, heißt es, stolz und fleißig.

Friesen waren sehr gefragt
An den griechisch-römschen Küsten.
Hundert Friesen, wie man sagt,
Waren Neros Leibgardisten.

Leider sind die Römerherrn
Bald im Suff zugrund gegangen,
Wohingegen Frieslands Stern
Strahlend hell ist aufgegangen.

Weiter lief das Rad der Zeit.
Siebenhundert Jahre rollten
Blutig in die Ewigkeit.
Und die alten Götter grollten.

Es ist stets derselbe Kram
In der Zeiten wildem Reigen.
Was dann nach den Römern kam,
Wird die nächste Folge zeigen.

IV.

Radbod oder Der enttäuschte Missionar

Radbod gilt seit eh und je
Als der größte Friesenkönig.
Sieben Länder an der See
Waren Radbod untertänig.

Eine starke Herrscherhand,
Zwei begabte nette Knaben
Und ein Schloss auf Helgoland
Soll der Fürst besessen haben.

Weil nun Radbod König war,
Kam zu ihm mit Priesterschläue
Ein gewitzter Missionar
Oft aufs Schloss. Und stets aufs Neue.

Jeden Tag von zwei bis drei
Hielt der Priester eine Predigt.
König Radbod hat dabei
Seinen Aktenkram erledigt.

Doch allmählich wurde er
Dieser Predigt überdrüssig.
Er ertrug den Kerl nicht mehr.
Und so sprach der Priester schließlich:

„König Radbod, hör mich an:
Bist du klug und lässt dich taufen,
Wirst du als ein kluger Mann
Einst zum Paradiese laufen!“

Und der alte König, der
Müde war vom vielen Predgen,
Sagte: „Bringe Wasser her,
Um die Taufe zu erledgen!“

Da entsprang der Priester schnell
Durch die königlichen Türen,
Um das Zeremoniell
Auf der Stelle durchzuführen.

Wasser schleppte er herbei,
Trug ein Becken auch nach innen.
Und genau um zehn nach drei
Konnt’ er mit der Tauf beginnen.

Radbod hat sich schnell geschneuzt,
Denn er hatte etwas Grippe.
Doch der Mönch hat sich bekreuzt
Und erzählt von Christ und Krippe.

Radbod wars ein arger Graus.
Und er zog sich sehr betrüblich
Schnabelschuh und Strümpfe aus,
Wie’s beim Taufen damals üblich.

Schon stand Radbods rechter Fuß
In dem Becken, als er plötzlich
Stark gezweifelt haben muss.
Denn er fragte sehr grundsätzlich:

„Meine Ahnen, lieber Herr,
Find ich die im Himmel wieder?“
„Keineswegs!“, versetzte der
Fremde Priester christlich-bieder.

„Deine Ahnen sind verdammt
Und in Ewigkeit verloren.
Heiden müssen allesamt
In den Höllenflammen schmoren!“

Da zog Radbod Stück für Stück
Seine königlichen Zehen
Aus dem Taufgerät zurück
Und begann sich umzudrehen.

Staunend rief der Missionar:
„Majestät, was ist geschehen?
Alles ist zur Taufe klar!
Warum willst du wieder gehen?“

„Bester Mann“, sprach Radbod dumpf,
„Sind die Ahnen in der Hölle ...
(Bitte, gib mir meinen Strumpf!)
... will auch ich an diese Stelle!“

„Aber beste Majestät“,
Fing der Priester an zu stottern,
„Wer zum Höllenreiche geht,
Wird dort lodern und verlottern!“

Radbod rief: „Wen regt das auf
Außer bangen alten Tanten?
Sowas nimmt man gern in Kauf
Bei den eignen Anverwandten!“

Ungetauft schritt Radbod quer
Durch das Schloss ins Badezimmer
Und blieb heidnisch wie vorher.
Nur die Grippe wurde schlimmer.

Ob der König nach dem Tod
In das Höllenfeuer rutschte
Oder süßes Mannabrot
Irgendwo im Himmel lutschte,

Weiß kein Sterblicher genau.
Doch was tut das, liebe Leute?
Auch in Satans muntrem Bau
Gibt es viele nette Leute.

Es ist stets derselbe Kram
In der Zeiten munterem Reigen.
Was nach Radbods Tode kam,
Wird die nächste Folge zeigen.

V.
Von Heiligen und Heiden

Nach des alten Radbod Tod
Kam geritten und gefahren
Mit der Kutsche und dem Boot
Eine Flut von Missionaren.

Mancher Friese hat als Christ
Seinen Taufschein unterschrieben.
Doch die pure Wahrheit ist,
Dass die Herzen heidnisch blieben.

„Gute Christen sind sie nicht,
Und man muss sich ihrer schämen!“,
Schrieb im geistlichen Bericht
Bischof Adamus von Bremen.

Zwar ein Helgoländer war
Damals Priester nach der Chronik.
Doch die Fabel duftet gar
Sehr nach Vogelleim und Honig.

Denn die Friesen waren stets
Mathematisch statt emphatisch,
Und die Mystik des Gebets
War nur wenigen symphatisch.

Hierzulande herrschte nie
Tabernakel oder Stola.
Und recht wenig Sympathie
Fand Ignatius von Loyola.

Während Friesen durch das Meer
Sind gereist in Breit und Länge,
Sang Europa ringsumher
Christ-katholische Gesänge.

Friesland stimmte nicht mit ein,
So viel Müh man auch verwandt hat.
„Friesland singt nicht!“ Auf Latein
Heißt es: „Frisia non cantat!“

Auch die Heiligen des Herrn
Hat man ungern nur geduldet,
Denn sie haben, sprach man gern,
Manche Sturmflut mitverschuldet.

Dass am Tag Cäcilias,
Die die Heilge der Musik war,
Eine Flut halb Friesland fraß,
Kam wohl, weil sie nicht publik war.

Doch der Tag des St. Marcell
Ist ein ganz besondrer Schandfleck,
Denn das Meer nahm damals schnell
Alle Kirchen Helgolands weg.

Am St. Gallustag (und der
Ist am sechzehnten Oktober)
Schwoll gar siebenmal das Meer
Über Deich und Haus und Schober.

Und am Allerheilgentag
(Keinen dieser Heilgen preis ich!)
Traf das Land der schwerste Schlag
Vierzehnhundertsechsunddreißig.

Schrecklich war das Meer in Wut.
So, als ob die Welt versänke,
Tobte da die wilde Flut
In der großen Mannestränke.

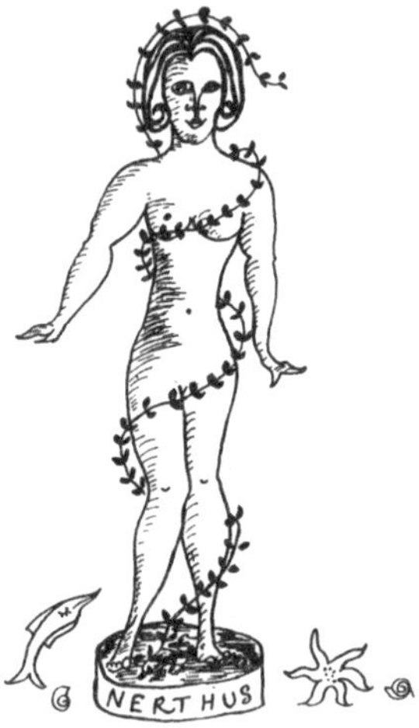

Und am selben Tag im Jahr
(Jedes Friesenherz betrübt sich)
Kam die Flut noch mal. Das war
Anno fünfzehnhundertsiebzig!

Missionare und Pastorn
Und die andern geistlich Frommen
Sagten, nun sei Gottes Zorn
Über dieses Land gekommen!

Doch die Nordsee (wie bekannt)
Überfiel nicht nur die Heiden,
Auch die Kirchen hier im Land
Und die Priester mussten leiden.

Sturmflut oder Strafgericht:
Das Ergebnis blieb das Gleiche:
Man versank in Mystik nicht,
Sondern baute bessre Deiche.

Und die Kirche, die Allein-
Seligmachende, drang weiland
Nur zum Teil in Friesland ein,
Nur zum Teil auf unser Eiland.

Lang noch hat man beim Gebet
In Kajüte und Familie
Die Frau Nerthus angefleht
Statt der heiligen Cäcilie.

Mehr als Kirchen liebte man
Die Kajüte seines Kutters,
Und der Glaube fing erst an
Mit der Lehre Martin Luthers.

Da vergaß man gern und bald
Pius, Innocenz und Leo.
Nun erst sang man, dass es schallt:
Gloria in excelsis deo!

Es ist stets derselbe Kram
In der Zeiten buntem Reigen.
Was um dreizehnhundert kam,
Wird die nächste Folge zeigen.

VI.
Schiff auf Strand oder Der Pirat Waldemar

Einst besaß auf Helgoland
Waldemar, der Dänen König,
Ein Gebäude nah am Strand,
Und das nützte ihm nicht wenig.

In des Königs „Erdbuch" hieß
Es mit Stolz: Dass er am Strand sich
Eine Villa bauen ließ
Dreizehnhundertachtundzwanzig.

Jedermann weiß sehr genau,
Dass er nie darin gewohnt hat,
Aber dass sich dieser Bau
Dennoch ungemein gelohnt hat.

Denn man trug in dieses Haus
Immerzu mit vollen Händen
Jenes Königs überaus
Fette Strandgut-Dividenden.

Lief im Sturm ein fremdes Schiff
Auf die Klippen oder Bänke
Oder fuhr es auf ein Riff,
Gab es mancherlei Geschenke.

Die geübte Insel-Crew
Rettete zunächst die Mannschaft
Und bedachte dann in Ruh,
Ob man auch die Ladung ranschafft.

Hierbei gilt es zu verstehn:
Ehe man die Ladung brachte,
Fragte man den Kapitän,
Ob er die Verordnung achte.

Darin stand: Das Strandgut lässt
Er zur Hälfte (was nicht wenig)
Auf der Insel. Und den Rest
Teilt der Käptn mit dem König.

Wenns dem Käptn rechtens war
(Und was sollte er sonst machen?),
Holte die verwegne Schar
Die im Schiff verstauten Sachen.

Dergestalt auf Helgoland
Machte man die Not zur Tugend,
Und beim Rufe: Schiff auf Strand!
Lief das Alter wie die Jugend.

Denn nun gabs Muskat und Grieß,
Butter, Mehl und Tee aus Bremen,
Bunte Tücher aus Paris,
Und man brauchte nur zu nehmen.

Niemand fing dabei voll Wut
An zu gieren und zu geilen:
Man verteilte dieses Gut
Sehr gerecht zu gleichen Teilen.

Denn man gab ja Bürlotts aus,
Und ein Bürlott garantierte,
Dass das so erwählte Haus
Von der Ladung profitierte.

Mancher ist nun wohl geneigt,
Von „Piraten“ zu parlieren,
Doch ich halts für angezeigt,
Diesen Fall zu diskutieren.

Wenn für Güter reicher Leut
Arme Leut den Leib gefährden,
Heischen Recht und Billigkeit,
Dass sie gut entschädigt werden.

Als Piraten (das scheint klar)
Kann man einen nur erwähnen:
Das ist König Waldemar,
Herr im Königreich der Dänen.

Denn der König saß galant
Auf dem Thron in Kopenhagen
Und ließ froh ins Haus am Strand
Seine Dividende tragen.

Insulaner auf dem Meer
Trotzten Stürmen und Gefahren.
Und der ferne Aktionär
Klaute gnädig fremde Waren.

Waldemar bedachte nie
Wohl, warum man ihn bezahle.
Ach, es hat die Monarchie
Keinen Sinn fürs Soziale.

Es ist stets derselbe Kram
In der Zeiten rauem Reigen.
Was nach diesem König kam,
Wird die nächste Folge zeigen.

VII.
Dreimännerhaus oder Über den Umgang mit Großen

Gibt es bei den Großen Zwist,
Müssen Kleine es erdulden;
Macht der Große einen Mist,
Zahlt der Kleine seine Schulden.

Also geht es in der Welt.
Das ist traurig, doch die Wahrheit.
Braucht der Große etwas Geld,
Kriegt ers durch des Kleinen Narrheit.

Ein Exempel dieser Art
Ist auf Helgoland geschehen.
Dreizehnhundertfünfzig ward
Es erlebt. Wir werden sehen:

Damals gabs auf Helgoland
Sogenannte Faktoreien.
Friedlich standen sie am Strand
Beieinander, und zu dreien.

Eins gehörte Hamburg an,
Eines Stade, eines Bremen.
Mancher brave Schiffersmann
Konnte dort sich Ladung nehmen.

Jedes Haus war mit Vernunft
Angelegt für Gästescharen:
Als Matrosenunterkunft
Und als Lager für die Waren.

Jahrelang vertrugen sich
Die drei Häuser wirklich prächtig.
Aber dann betrugen sich
Zwei der Städte eigenmächtig.

Hamburg war die eine, und
Bremen war die andre. Beide
Gönnten plötzlich ohne Grund
Stade nicht mehr seine Weide.

Kurz: Man sagte klipp und klar,
Ohne das Gesetz zu scheuen,
Stade habe offenbar
Hier kein Recht auf Faktoreien.

„Wir sind Städte, groß und reich,
Stark und mächtig!“ Also hieß es,
„Dünkt ’ne kleinre sich uns gleich,
So missgönnen wir ihr dieses!“

Stade aber sagte frei:
„Was Recht ist, das soll Recht bleiben!
Und aus unsrer Faktorei
Kann uns kein Senat vertreiben!“

Dieser ungewohnte Ton
(Ach, die Großen sind oft putzig!)
Machte die zwei anderen schon
Gleich zu Anfang etwas stutzig.

Stade sagte: „Euch, Ihr Herrn,
Juckt ja nur der Neid, der gelbe!
Auch vergesst Ihr gar zu gern
Unsre Lage an der Elbe.

Schließlich – von der See gesehn –
Liegen wir vor Hamburgs Hafen.
Will man uns das Recht verdrehn,
Werden wir die Schiffe strafen!“

Solche Drohung wirkt oft schnell.
Hamburg schrieb (es schrieb auch Bremen):
„Lasst uns denn an Ort und Stell
Das Problem in Angriff nehmen!“

Auf der Insel Helgoland
Trafen sich ’ne Woche später
In der Faktorei am Strand
Die drei städtischen Vertreter.

Weil nun Stade dazumal
Fast den andern beiden Städten
Gleich war an Bewohnerzahl
Und im Hansebund vertreten

Und weil Stade obendrein
Den zwei andern schaden könnte,
Hieß es, dass man Stade sein
Recht auf Faktoreien gönnte.

Dreizehnhundertfünnefzig
(Und es war post christum natum)
Einigten die Städte sich,
Darum merke man das Datum.

Denn dies Beispiel, es beweist,
Dass die Großen mit den Mucken,
Wenn der Kleine tüchtig beißt,
Sich vor seinen Zähnen ducken.

Kurz und gut, Ihr Leute, hält
Man das Steuer fest in Händen,
Kann den üblen Lauf der Welt
Oftmals auch der Kleine wenden!

Es ist stets derselbe Kram
In der Zeiten gierigem Reigen.
Was um vierzehnhundert kam,
Wird die nächste Folge zeigen.

VIII.

Störtebeker oder Lektion für Schatzgräber

Als die dänische Margret
Schwedens Haupt, Stockholm, blockierte,
Gabs ein Schiff, das abends spät
Die Blockade keck passierte.

Störtebeker, der Pirat,
War es, der der Dänen lachte
Und den Schweden abends spät
Rare Lebensmittel brachte.

Weil man Lebensmittel zu
Jener Zeit „Vitalien“ nannte,
Kams, dass man die Räuber-Crew
Als „Vitalienbrüder“ kannte.

An der Ostseeküste war
Gotland die Piratenfeste.
Doch dort hasste man die Schar
Wilder ungebetner Gäste.

Dreizehnachtundneunzig kam
Flottenstark der Deutsche Orden,
Und der Seepiratenschwarm
Ist die Festung losgeworden.

Störtebeker fing nun an,
In der Nordsee rumzuräubern
Und so manchen Handelsmann
Von Besitz und Geld zu säubern.

Armen, sagt man, gab er gern
Einen Teil von seiner Beute.
Vom Besitztum reicher Herrn
Profitierten arme Leute.

Arme Börsen wurden dick,
Reiche Beutel wurden schmäler.
Störtebeker trug mit Chic
Nun den Namen „Likedeeler“.

Dergestalt erschien er oft
Auch auf Helgoland, der Insel,
Mit den Schätzen unverhofft
Ausgeraubter reicher Pinsel.

Ob er dort den Schatz verschenkt
Oder ob er ihn versteckt hat,
Ist ’ne Frage, die uns drängt,
Weil noch niemand es entdeckt hat.

Tief im Insel-Felsgestein
Suchten viele Genrationen
Nach dem wundersamen Schein
Edler Steine oder Kronen.

Und natürlich – wie's halt geht –
Fand so mancher bei der Suche
Ein vergoldetes Gerät
Oder alte edle Tuche.

Doch es ist so mancher Kahn
Nah bei Helgoland gestrandet.
Und die Ladung schwemmte an
Und ist irgendwo versandet.

Kurz: Auch von dem schönsten Fund,
Den man aus dem Fels genommen,
Weiß noch niemand bis zur Stund,
Wo und wie er hergekommen.

Und ein Testament gibts keins,
Wie Ihr, Leute, vielleicht glaubtet.
Anno vierzehnhunderteins
Wurde der Pirat enthauptet.

Störtebeker gab nicht preis
Das Geheimnis seiner Schätze,
Und gar niemand kennt und weiß
Der versteckten Schätze Plätze.

Lassen wir die Toten ruhn,
Ihre Schätze, ihre Kronen,
Denn wir haben viel zu tun,
Die wir noch im Lichte wohnen.

Nutzt den Tag, solang Ihr lebt!
Alles andre ist vergebens.
Wer nach toten Schätzen gräbt,
Der vertut den Schatz des Lebens!

Es ist stets derselbe Kram
In der Zeiten tollem Reigen.
Was nach Störtebeker kam,
Wird die nächste Folge zeigen.

IX.

Der Mönch oder Wie man Sagen erfindet

Sagen gelten allgemein
Als Geschichten, die halb wahr sind,
Weshalb sie oft ungemein
Dunkel und durchaus nicht klar sind.

Nehmen wir als Beispiel nur
Unsern „Mönch“ und seine Sage,
Und verfolgen wir die Spur
Bis in weit entfernte Tage.

Fünfzehnhundertdreißig kam
Mal ein Mönch auf unsre Insel
Und begann hier lobesam
Die Mission, der arme Pinsel.

Luthers Glauben wollte er
Alle Insulaner lehren.
„Doch die Leute“, grollte er,
„Lassen sich nicht gern bekehren!“

Zornig rief er und in Wut
Und erregt durch sein Misslingen:
„Diese Insel ist nicht gut!
Mög der Teufel sie verschlingen!“

Als das Mönchlein immerfort
Wetterte von Tod und Sünden,
Gab es den bewussten Mord,
Den die Sagen schaudernd künden:

Wo der Fels am höchsten ist,
Stürzte man den Mönch, den Armen
In das Meer als falschen Christ,
Ohne Mitleid noch Erbarmen.

Darauf fing der fromme Mann
Nächtlich an verschiednen Plätzen
(Und als Geist) gewaltig an,
Seine Predigt fortzusetzen.

So erschien er jede Nacht,
Halb als Felsen, halb als Wolke,
Und bewies des Glaubens Macht
An dem Helgoländer Volke.

Alle wurden jetzt bekehrt
In dem kleinen Volk im Norden,
Und der Mönch – nun hoch geehrt –
Ist ein Fels im Meer geworden.

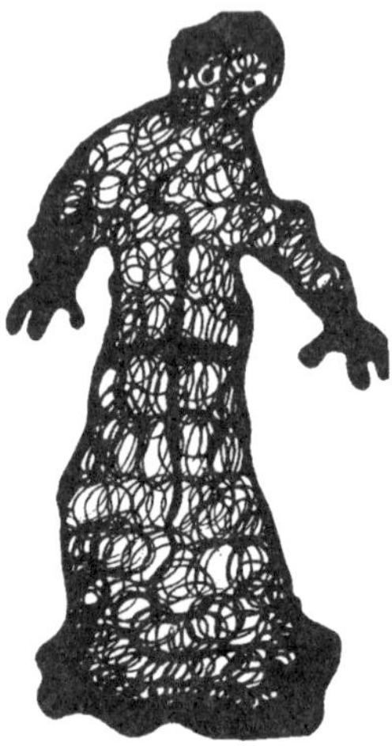

Also geht die Fabel. Doch
Ist das Ding (in allen Ehren)
Auch auf andre Weise noch
Und viel simpler zu erklären:

„Monk“ hieß früher „Felsen“ nur.
„Mönch“ hat einfach „Fels“ bedeutet.
Und das führt uns auf die Spur,
Wo die Sage hergeleitet.

Allen wars in spätrer Zeit
Eine ungelöste Frage,
Was das Wörtchen „monk“ bedeut.
So erfand man eine Sage.

Unbewiesen ist bis heut,
Dass vom Felsen, von dem großen,
Unsre Helgoländer Leut
Einen Mönch ins Meer gestoßen.

Überdies ist wohl bekannt
(Und man sieht und hört es täglich),
Dass die Leut auf Helgoland
Friedlich sind und sehr verträglich.

Zwar – gemeckert wird hier gern,
Und das Schimpfen liebt man freilich.
Doch ihr Damen und ihr Herrn,
Das ist menschlich und verzeihlich.

Keineswegs beweist uns dies,
Dass das Volk der Helgoländer
Einen Mönch ins Wasser stieß
Vom erhöhten Felsgeländer.

Vielmehr steht es felsenfest,
Dass die Sage von dem frommen
Mönch, der sich nicht töten lässt,
Von dem Wörtlein „monk“ gekommen.

Also gehts zu jeder Frist,
Heute wie in alten Tagen:
Was nicht zu erklären ist,
Das erklärt der Mensch in Sagen.

Es ist stets derselbe Kram
In der Zeiten wirrem Reigen.
Was ein wenig später kam,
Wird die nächste Folge zeigen.

X.
Wieben Peter oder Über den Ausgang von Kämpfen

Vor vierhundert Jahren starb
Ein gewaltiger Geselle,
Ders mit aller Welt verdarb,
Hinter unsrer Kirchenschwelle.

Wieben Peter hieß der Mann.
Im Dithmarscher Land geboren,
Führte er 'ne Rotte an,
Die ihm Treue zugeschworen.

Unrecht tat ihm das Gericht
Irgendwann in alten Tagen.
Und das duldete er nicht.
Er begann, das Land zu plagen.

Im Dithmarscher Bauernland
Zog er räubernd durch die Gegend,
Manchen großen Feuerbrand
An so manchen Speicher legend.

Für das Recht, sein hohes Ziel,
Tat er Unrecht allen Leuten,
Mordete und raubte viel
Und verteilte seine Beuten.

Er brandschatzte kreuz und quer
Markt und Dorf und Stadt und Hafen,
Bis ein kleines Bauernheer
Auszog, um den Kerl zu strafen.

Da stieg Wieben Peter sehr
Schnell zu Schiff mit seiner Bande,
Segelte hinaus aufs Meer
Und verließ die festen Lande.

Und er fuhr nach Helgoland.
Doch das Bauernheer, das kleine,
Hatte auch ein Schiff bemannt
Und verfolgte nun das seine.

In der Kirche kams zum Kampf
Mit dem wilden Übeltäter.
Bei Geschrei und Pulverdampf
Starb der wilde Wieben Peter.

Ach, der Arme irrte schwer
Und ist deshalb zu bedauern,
Doch es freute sich das Heer
Der zu Schiff gefolgten Bauern.

Fleisch und Rotwein lud man aus,
Körbe voll mit Brot und Eiern,
Um den großen Siegesschmaus
Triumphal am Strand zu feiern.

Doch man wollte gleichfalls gern
Kunde geben vom Gelingen
Und dem hohen Landesherrn
Wieben Peters Leiche bringen.

Also schiffte man sich ein,
Fuhr zurück zum festen Lande
Und ließ Fleisch und Brot und Wein
Stehn am Helgoländer Strande.

Und die Inselleute, die
Damals äußerst mager lebten,
Schmausten festlich wie noch nie,
Als die Bauern heimwärts strebten.

Also hinterließ der Kampf
Nur ein kurzes Überraschen,
Nebst ein wenig Pulverdampf
Und vergnügt geleerten Flaschen.

Gibts oft blutig wilden Streit
Mit den Menschen, welche trutzen:
Irgendwer zieht allezeit
Daraus irgendwelchen Nutzen.

Es ist stets derselbe Kram
In der Zeiten tollem Reigen.
Was nach Wieben Peter kam,
Wird die nächste Folge zeigen.

XI.

Heringszeit oder Die sieben fetten Jahre

Vieles kann ein guter Koch
Aus dem Fleisch des Herings machen:
Koch- und Bratfleisch noch und noch,
Bückling, Sulz und andre Sachen.

In so mancherlei Gestalt
Kann man Heringsfleisch verputzen.
(Und sein Fett- und Jodgehalt
Ist dem Menschen sehr von Nutzen.)

So ein Hering auf dem Tisch,
Dessen Bauch von Silber flimmert,
Ist ein wunderhübscher Fisch,
Wenn er feucht im Essig schimmert.

Nicht so appetitlich sind
Die gewaltgen Heringsheere,
Wenn die Weibchen, frisch beminnt,
Laichen irgendwo im Meere.

Denn dann trübt das Wasser sich
An den Laich- und Liebesplätzen,
Und sehr zäh und widerlich
Klebt der Laich an Fischernetzen.

Dennoch lacht das Fischerherz,
Wenn die Heringe in Zügen
Morgen- oder abendwärts
Silbern durch das Wasser pflügen.

Das bedeutet immerhin
Guten Fang und reiche Beute
Und erheblichen Gewinn
Für geschickte Fischersleute.

An den reichen Heringsstrand
Kommt das Geld wie Heu geflogen.
Gradso gings auf Helgoland,
Als dort Heringsschwärme zogen.

Im gelobten reichen Jahr
Fünfzehnhundertdreiundzwanzig
Tummelte die größte Schar
Heringe bei Helgoland sich.

Schwärme, unermesslich groß,
Sind gleich silberblauen Wogen
In des Wassers grünem Schoß
Hier bei uns vorbeigezogen.

Möwe, Seehund, Alk und Hai
Feierten tagtäglich Feste.
Und die Heringsfischerei
Holte sich das Allerbeste.

Helgoland war überfüllt
(Wie die Chronikblätter künden)
Von den Händlern, die sich wild
Drängten nach den Heringsgründen.

Alles kam mit Booten an.
Die Gelegenheit war einzig.
Und an Schiffen zählte man
Jetzt zweihundertfünfundneunzig.

Buden hats am Strand entlang
Zweimal hundert bald gegeben.
Und es konnten von dem Fang
Neunzehnhundert Leute leben.

Unser Hafen war besetzt
Von den Schiffen, von den schweren,
Selbst von Holland kamen jetzt
Heringslüsterne Mijnheeren.

Jedermann auf Helgoland
Profitierte von den Fängen.
Und es floss in jede Hand
Hartes Gold in großen Mengen.

Über dreißig Jahre lang
Lebte Helgoland vergnüglich
Unentwegt vom Heringsfang.
(Und es lebte ganz vorzüglich!)

Geld kam nun in jedes Haus,
Manchmal reichlich, manchmal spärlich.
Doch dann blieb der Hering aus,
Und das Leben ward beschwerlich.

Denn schon kurze Zeit danach
Hockte mit geflicktem Mieder
Unter jedem Fischerdach
So wie einst Frau Armut wieder.

Es ist stets derselbe Kram
In der Zeiten reichem Reigen.
Was nach diesen Jahren kam,
Wird die nächste Folge zeigen.

XII.
Lotsenzeit oder
Die sieben mageren Jahre

Eine Insel hat es schwer
In den langen magren Jahren,
Wenn die armen Fischer sehr
Selten nur zum Festland fahren.

Wenn der Handel nicht floriert
Und die Fische wenig kosten,
Ist die Insel havariert
Und wie auf verlornem Posten.

Also ists auf Helgoland
Nach der Heringszeit gewesen.
Traurig tat man dort am Strand
Für den Winter Holz auflesen.

Wie ein junges Hühnchen schmeckt,
Hatte mancher fast vergessen.
Jeder Tisch war arm gedeckt.
Jeden Tag gabs Fisch zu essen.

Nur am Sonntag buk die Frau
(Ganz in Mehl vom Kopf zum Schwanze)
Einen fetten Kabeljau
Und goss Sirup auf das Ganze.

Der Verdienst durch Netz und Boot
Deckte kaum des Bootes Spesen.
Da entstand aus solcher Not
Wie von selbst das Lotsenwesen.

Ringsum gab es ja im Meer
Seichte Stellen, Bänke, Riffe.
Und die Stellen waren sehr
Tückisch für die Segelschiffe.

Daraus zog man Vorteil, denn
Alle Helgoländer waren
Auf den Wasserstraßen, wenn
Sie dort fuhren, sehr erfahren.

Daher bot nun mancher Mann
Manchem Schiffe, das erschienen,
Seinen Dienst als Lotse an,
Um dabei was zu verdienen.

Wollten Segler nun einmal
Lotsen auf das Schiff beordern,
Gab der Käptn ein Signal,
Um den Lotsen anzufordern.

Doch weil viele Lotsen dem
Rufe folgten zu den Segeln,
So erfand man ein System,
Um den Lotsendienst zu regeln.

Jeder Lotse kriegte ein
Lotsenzeichen ausgehändigt.
Dadurch hat sich der Verein
Aller Lotsen gut verständigt.

Denn die „Loatjen“ pflegte man
Wie bei Losen zu vermischen.
Wen man zog, der konnte dann
Einen Lotsenjob erwischen.

Heut noch kann man hier und da
Die metallnen Loatjen sehen,
Drauf (ein jeder weiß es ja)
Die berühmten Männlein stehen.

Dieser aufgeprägte Mann
Mit der kleinen Lotsenziffer
Ist nicht der Klabautermann,
Sondern nur ein alter Schiffer.

Denn so sah ein Schiffer aus,
Damals, in den magren Jahren,
Als die Lotsen weit hinaus
Zu den Seglern sind gefahren.

Etwas später wurde dann
(Wie wir in der Chronik lesen)
Mancher noch ein reicher Mann
Durch das Insel-Lotsenwesen.

Es ist stets derselbe Kram
In der Zeiten rundem Reigen.
Was nach diesen Jahren kam,
Wird die nächste Folge zeigen.

XIII.

Blüse und Turm oder Leuchtturmpolitik

Unsre Helgoländer Bucht,
Wo sich mancher Dampfer nächtlich
Seinen Weg durchs Dunkel sucht,
Braucht den Leuchtturm seefahrtsrechtlich.

Darum baute man schon früh
Auf der Insel Feuerblüsen,
Die den Schiffern ohne Müh
Ihre Wasserwege wiesen.

Sechzehnhundertdreißig schon
Gabs den ersten Blüsenposten,
Den Jan Berends (Hollands Sohn)
Unterhielt auf eigne Kosten.

Vierkant, niedrig, backsteinrot,
Und versorgt mit Kohlenfeuer,
Hielt die Blüse manches Boot
In der Nacht bei Kurs und Steuer.

Manche Nacht verbrauchte sie
Volle vierzig Zentner Kohlen.
Und in Körben mussten die
Männer sie vom Strande holen.

Jedes Schiff gab Blüsengeld.
Doch es war für Jan ein Jammer:
Denn zunächst ging dies Entgelt
In des Herzogs Rentenkammer.

So verging manch halbes Jahr,
Bis die Hälfte der Dukaten
In Jan Berends Händen war.
(Ach, man kennt die Bürokraten!)

Jan verzweifelte oft fast
Ob der herzoglichen Sitten.
Überdies war er als Gast
Auf der Insel schlecht gelitten.

Denn der starke Wind vom Meer
Trug so manchen Funkenfächer
Von der Feuerblüse her
Auf die Stroh- und Schindeldächer.

Dadurch gabs von Fall zu Fall,
Immer neu und immer wieder,
Manchen nächtlichen Krawall
Und für Jan zerschundne Glieder.

Dennoch – sieben Jahre lang
Blieb die Blüse noch am Leben.
Dann hat Jan, zermürbt und krank,
Seinen Posten aufgegeben.

Und nun blieb die Blüse gar
Lange, lange unbefeuert,
Nämlich achtundvierzig Jahr.
Dann hat Hamburg sie erneuert.

Doch erst achtzehnhundertelf
Ward der erste Turm errichtet.
Glory England payed itself,
Wie die Chronik uns berichtet.

Und von neunzehnhunderteins
Stammt der Turm, der uns bestrahlte,
Den im Glanz des Herrscherseins
S. M. Willem Zwo bezahlte.

Wie behaglich war die Ruh,
Wenn wir uns zum Schlafe legten
Und die Strahlen immerzu
Den bestirnten Himmel fegten.

Ob im Herbst bei Nacht und Sturm,
Ob in Nächten, lau und leise,
Immer schwang der schlanke Turm
Seine Strahlen sanft im Kreise,

Er bestrich mit seinem Strahl
Zweiundvierzig Kilometer.
Aber, ach, er war einmal:
Er verschwand Jahrzehnte später,

Denn der liebe alte Turm,
Der uns oft die Nacht verkürzte,
Stürzte ein beim Bombensturm,
Als auch vieles andre stürzte.

Es ist stets derselbe Kram
In der Zeiten lichtem Reigen.
Was sonst noch an Türmen kam,
Wird die nächste Folge zeigen.

XIV.

Die Backstein-Arche oder Kirchturm-Politik

Kirchen, die auf Inseln stehn,
Gleichen oftmals festen Archen,
Die die Winde kalt umwehn
Und die Stürme laut umschnarchen.

Archen frommer Zuversicht,
Segelnd auf dem Strom der Zeiten,
Tragen sie ihr Backbordlicht
In das Meer der Fährlichkeiten.

Auch bei uns auf Helgoland
Stand ein Kirchlein, fest gemauert.
Und es hat am Felsenrand
Die Jahrzehnte überdauert.

Aber eines schönen Tags
Musste man darauf verzichten
Und trotz allem – Gott beklags –
Eine neue Kirch errichten.

Denn das Kirchlein stand zu nah
An des Felsens jähem Rande,
Und viel sichrer war es ja
Mitten auf dem Oberlande.

Drum erwog die Gläubigenschar
(Jeder Inselchrist bedacht' sich)
Einen neuen Bau im Jahr
Sechzehnhundertfünfundachtzig.

Im besonnten Juni wars,
Als man sich darum bemühte,
Als im Glanz des hohen Jahrs
Schon die Inselrose blühte.

Man bedachte sehr genau
(Kein Entwurf war fadenscheinig)
Den geplanten Kirchenbau.
Und im Juli war man einig.

So entstand das Kirchenschiff
Mit den dicken Backstein-Stützen,
Die es oben auf dem Kliff
Vor den rauen Winden schützen.

An die Kirche baute man
Einen Turm, derb, kurz und kräftig.
Und das Ganze wirkte dann
Äußerst dauerhaft und deftig.

Leider, leider ließ man den
Turm im neunzehnten Jahrhundert,
Als er brach, nicht neu erstehn,
Was den Stilexperten wundert.

Denn der neue, schlank und schmal,
(Ein Geschenk von Rickmers, Bremen)
War stilistisch nun einmal
Eher krumm statt ernst zu nehmen.

Neo-Backsteingotik war
Schon an sich nicht recht sympathisch.
Neben derben Bauten gar
Wirkt sie hoffnungslos asthmatisch.

Wenn die Kirche neu ersteht,
Sollte man sich kühnlich trauen,
Sie, soweit es irgend geht,
Mit dem alten Turm zu bauen.

Denn das Kirchlein, rot und drall,
Das man damals aufgerichtet,
Hat im schweren Bombenfall
Leider auch der Krieg vernichtet.

Auch das Innere sollte man
So wie ehemals gestalten.
Unser kleines Eiland kann
So den alten Stil erhalten.

Kirchen, die auf Inseln stehn,
Bleiben immer feste Archen,
Die die Winde kalt umwehn
Und die Stürme laut umschnarchen.

Es ist stehts derselbe Kram
In der Zeiten windigem Reigen.
Was um siebzehnhundert kam,
Wird die nächste Folge zeigen.

XV.

Der Helgoländer oder Über den Ideal-Insulaner

Was ein Helgoländer ist,
Das ist schwierig zu ergründen
Und mit Logik nur und List
Nach und nach herauszufinden.

Sind nur Helgoländer die,
Welche schon seit Genrationen
(Ungemischt wie Rassevieh)
Auf der Roten Klippe wohnen?

Ist ein Helgoländer der,
Der vom Festland hergekommen
Und sich auf dem Fels im Meer
Eine Inselfrau genommen?

Stempelt eine alte Tracht
Mit den grün-rot-weißen Bändern,
Die die Mädchen schöner macht,
Fremde schon zu Helgoländern?

Manche Definition
Ward gefunden und bekräftigt.
Herzöge und Fürsten schon
Haben sich damit beschäftigt.

Sechzehnfünfundneunzig sprach
Herzog Friederich, der Vierte,
(Welcher unsre Insel nach
Seines Vater Tod regierte):

„Jeder, der als Christ getauft
(Ob er hoch sei oder niedrig)
Und ein Insel-Bürlott kauft,
Gilt als Helgoländer. Friedrich.“

Die Erklärung galt hinfort
(War sie auch stupid und einfach),
Weil auf eines Herzogs Wort
Niemand contra gab und dreinsprach.

Uns indes befriedigt sie
Keineswegs in dem Bestreben,
Für den Helgoländer die
Typschen Züge anzugeben.

Wer das Meer liebt und den Wind
Und die steilen Klippenränder,
Die so karg bewachsen sind,
Ist noch lang kein Helgoländer.

Auch wer helgoländisch spricht,
Ist noch nicht ein Insulaner,
Denn die Sprache, derb und schlicht,
Lernt sogar ein Indianer.

Aber wer die Freiheit liebt,
Wer das Maß liebt und die Mitte,
Jedermann das Seine gibt,
Freundlich, nach gewohnter Sitte,

Wem die Welt ein Eiland ist,
Klein und leicht zu überschauen,
Wer die Erde irdisch misst,
Ruhig und mit Selbstvertrauen,

Wer nicht nach Millionen strebt,
Aber auch nicht gerne bettelt,
Wer das Leben heiter lebt
Und es nicht zu sehr verzettelt,

Wer die Menschen menschlich sieht,
Ohne Orden und Gewänder,
Weder Gott noch Menschen flieht,
Ist ein Muster-Helgoländer.

Die jedoch, die fort und fort
Nur nach Gold und Orden rennen,
Sollte man (nach Friedrichs Wort)
Bürlott-Helgoländer nennen.

Dahingegen sollten die,
Die auf Gold und Orden sch…,
Ohne Scherz und Ironie
„Ehren-Helgoländer" heißen.

Helgoländer dieser Art,
Die verstreut auf Erden wohnen,
Gibt es mit und ohne Bart
Sicher gegen zehn Millionen.

Es ist stets derselbe Kram
In der Zeiten edlem Reigen.
Was nach Herzog Friedrich kam,
Wird die nächste Folge zeigen.

XVI.

Die Schaluppe oder Poesie und Seefahrt

Noch zu allen Zeiten blieb
Jenes Fahrzeug das begehrte,
Das sich auch als Serientyp
Ganz besonders gut bewährte.

Immer schätzt man (wie bekannt)
Irgendeine Fahrzeug-Gruppe.
Also wars auf Helgoland
Dermaleinst mit der Schaluppe.

Dreißig lang und neun Fuß breit,
Leichter als die Boote heute,
Bauten sie zu jener Zeit
Helgoländer Schiffbau-Leute.

Anfangs sind nur zwei, drei Mann
Mit dem Boot auf Fahrt gegangen.
Später wurdens viere dann;
Denn man fuhr zum Fischefangen.

Siebzehnhundertfünnefzehn
Tat man hier zum ersten Male
Mit Schaluppen fischen gehn.
(Wenn auch nicht auf Grönland-Wale.)

Die Schaluppe konnte ein
Guter Seemann spielend führen;
Denn er konnte leicht und fein
Damit vor dem Wind lavieren.

Knapp zweihundert Jahre lang
War dies Fahrzeug à la mode,
Dann (das ist der Zeiten Gang)
Segelte es sich zu Tode.

Die Schaluppe „Hoffnung“ war
Wohl die letzte, die geblieben.
Sie verkehrte noch im Jahr
Neunzehnhundertsechs bis -sieben.

Schließlich hat sie, müd und matt,
Hoffnungslos den Dienst verweigert.
Und ihr Käptn, Jaspers, hat
Sie für vierzehn Mark versteigert.

Die Motoren-Ära fing
An mit der Jahrhundertwende.
Mit der letzten „Hoffnung“ ging
Die Schaluppenzeit zu Ende.

Ihre Segel mussten ruhn.
Nachthaus, Sanduhr und Laterne
Der Schaluppen rückten nun
In poetisch dunkle Ferne.

Aus war nun die schöne Zeit,
Da sie angesegelt kamen,
Die Schaluppen, rund und breit,
Mit den wunderhübschen Namen,

Namen, voll von Poesie,
Standen auf dem Bug geschrieben.
„Mond“ und „Sonne“ hießen sie
Oder „Zu den dreizehn Lieben“.

„Laura“ oder „Ella“ auch
(Wie im Schäferspiel die Puppen)
Nannte man nach schönem Brauch
Auf der Insel die Schaluppen.

Eine hieß „Citronbaum“ gar,
Eine hieß „John Bull“ zum Scherze,
Und ein anderes, älteres Paar:
„Rotes Herz“ und „Gelbes Herze“.

Kurz, man hat auf Helgoland,
Wo wir Poesie kaum kennen,
Reichlich Fantasie verwandt,
Um die Boote zu benennen.

Mancher zieht daraus den Schluss,
Dass das Helgoländer Völkchen
Eine Neigung haben muss
Zu poetschen Lämmerwölkchen.

In der Tat ist ihnen viel
Lockre Fantasie zu eigen.
Doch das soll mit viel Gefühl
Eine spätre Folge zeigen.

Es ist stets derselbe Kram
In der Zeiten feuchtem Reigen.
Was nach den Schaluppen kam,
Wird die nächste Folge zeigen.

XVII.

Jüten, Briten, Preußen oder Bemerkungen über Grenzgebiete

Überall, wo Grenzen sind
Und sich Völkerstämme mischen,
Leben Mann und Frau und Kind
Immer irgendwie „dazwischen“.

Selbst durch tiefe Meere rennt
Eine unsichtbare Grenze,
Die die Fische völkisch trennt:
Hie die Köpfe, da die Schwänze.

Helgoland streckt ebenfalls
Mit behaglichem Gemüte
Seinen feuerroten Hals
In diverse Grenzgebiete.

Nordwärts schielts nach Dänemark,
Westwärts auf die britsche Küste
Und ansonsten nährt es stark
Deutsche Nationalgelüste.

Landesfahnen, Landesherrn
Sind gekommen und gegangen.
Und man hat sie grad so gern
Fortgelassen wie empfangen.

Wenn die alten Rechte bloß
Rein und unbeschnitten blieben,
Hat man sich bedingungslos
Jedem neuen Herrn verschrieben.

Als am siebenten August
Siebzehnhundertvierzehn Dänen
Kamen, um mit Blei und Lust
Unsre Insel einzunehmen,

Als sie wegen Widerstand
Wenger gottorpscher Soldaten
Auf der Insel einen Brand
Mittels Kugeln legen taten,

Hat die Insel sich gewehrt
Und zum Schutz von Leib und Leben
Die Besatzung eingesperrt
Und sich selber übergeben.

Eins, zwei, drei, ging alles klar:
Die Erobrer lachten höhnisch,
Und am achten achten war
Unsre Insel plötzlich dänisch.

So erwarb der Jüten Herr
Mittels etwas Blei und Feuer
Helgoland und nebenher
Eine fette Strandgutsteuer.

Pünktlich hundert Jahre drauf
Nahm John Bull sich sehr entschieden
Ohne Geld und ohne Kauf
Helgoland im Kieler Frieden.

Gratis kriegte Mister Bull
Unsre kleine Insel endlich,
Denn er fand sie „wonderful“
Und „important“ selbstverständlich.

Bei der Royal Majesty
Blieb sie sechsundsiebzig Jahre.
Dann verkaufte England sie
Als im Preis gestiegne Ware.

Ein Berliner Potentat
(Er hieß Willem und war willig)
Kaufte sie auf Freundes Rat,
Und sie war durchaus nicht billig.

Oft geübte Pinselchen
Malten nun den Preußenadler
Auf das kleine Inselchen.
Und sie fanden wenig Tadler.

Aber, ach, bei Licht besehn,
Können Adler kräftig beißen.
Und zudem muss man gestehn:
Preußen bleiben leider Preußen.

Zwar – sie investierten viel.
Aber leider auch Geschütze.
Und das Ende? Und das Ziel?
Alles futsch und in die Grütze!

Fahnen hin, Symbole her,
Adler, Löwe: Lieber Himmel,
Heute gilt das Zeug nicht mehr
Als ein Plunder voller Schimmel.

Es ist stets derselbe Kram
In der Zeiten wirrem Reigen.
Was zur Zeit der Dänen kam,
Wird die nächste Folge zeigen.

XVIII.

Dänenzeit oder Traurige Kunde

Länder, die wie Dänemark
Kleine, fremde Inseln raubten,
Mussten mächtig sein und stark,
Um die Beute zu behaupten.

Nun, die Dänen wussten dies
Und verwandelten gar trutzig
Unser Inselparadies
In 'ne Festung, klein und putzig.

Mit Kanonen kamen sie,
Die sie reichlich stark bemannten,
Mit geputzter Infantrie
Und mit Inselkommandanten.

Erster Inselkommandant
Wurde nun zunächst der Sieger
In der Schlacht bei Helgoland,
Ein, so heißt es, großer Krieger.

Dieser Generalmajor,
Herr von Wilster, stand der Feste
Einen knappen Monat vor,
Dann erschienen neue Gäste.

Ein Major erschien alsbald,
Ein gewisser Herr von Oelsen.
Und der wurde grau und alt
Auf dem Helgoländer Felsen.

Achtundzwanzig Jahre lang
(Wer das nicht für lang hält, irrt sich!)
Blieb er hier im gleichen Rang
Bis zum Jahre zweiundvierzig.

Seine Kommandantenzeit
Birgt viel Stoff für den Chronisten,
Denn sie schwemmte manches Leid
An die roten Inselküsten.

Siebzehnhundertneunzehn wars,
Als der Henker kam im Boote
Und auf unsrem „Hingstergars"
Eine Dame schlug zu Tode.

Diese Dame hat bei Nacht
Mit der Forke für die Kälber
Eine andre umgebracht.
So erschlug man sie nun selber.

Ein Jahr drauf, bei Nacht und Wind,
Neujahr zwanzig – einundzwanzig,
Fraßen Wellen, zornesblind,
Tobend, schäumend in das Land sich.

Unter manchem Wogenkamm
Dieser sturmbewegten Bühne
Brach der fest gefügte Damm
Zwischen Helgoland und Düne.

Siebzehnfünfundzwanzig dann
(Ahornblätter welkten eben)
Kamen fünfundzwanzig Mann
Lotsen auf dem Meer ums Leben.

Doch die Chronik weiß noch mehr
Schauerliches zu berichten.
Und der Dichter muss mit sehr
Kummervollem Herzen dichten.

Siebzehnneunundzwanzig sind
Sieben Leute hier begraben,
Die (so Mann, wie Frau, wie Kind)
An den schwarzen Blattern starben.

Siebzehndreiundsiebzig, als
Herr von Oelsen schon entschwunden,
Haben Lotsen ebenfalls
Auf dem Meer den Tod gefunden.

Kurz und gut: Die Dänenzeit
War durchaus nicht sehr soldatisch.
Aber Kummer, aber Leid
Machen sie uns nicht sympathisch.

Kriege oder Siege sind
Nicht aus dieser Zeit zu melden.
Aber Pest und Meer und Wind
Hausten schrecklicher als Helden.

Es ist stets derselbe Kram
In der Zeiten wüstem Reigen.
Was an frohen Dingen kam,
Wird die nächste Folge zeigen.

XIX.

Inselpoeten oder Edler Besitz

Alte Dichter wie Homer,
Die in grauer Vorzeit schrieben,
Hatten es unsäglich schwer,
Wenn sie Poesie vertrieben.

Erstens konnten damals noch
Äußerst wenig Leute lesen,
Zweitens, liebe Leut, jedoch
Gab es noch kein Druckerwesen.

Trotzdem war manch armer Tropf
Literarisch gut beschlagen;
Denn er wusste aus dem Kopf
Ganze Epen herzusagen.

Auch bei uns auf Helgoland
Sind aus diesem Grund bis heute
Alte Verse wohlbekannt
Aus dem Munde alter Leute.

Doch vergesslich ist der Mensch.
So ist wenig nur geblieben,
Weil man früher helgoländsch
Nur gesprochen, nicht geschrieben.

Erst sehr spät (im Jahreslauf
Siebzehnhundertachtundfünfzig)
Schrieb Herr Johann Laß sie auf –
Ungelenk zwar, doch vernünftig.

Als Herr P. A. Oelrichs dann
Konsequent die Wörtersuche
Unsres Friesischen begann
Mit dem ersten Wörterbuche,

Folgten binnen Kurzem schon
(Was ich hocherfreut berichte)
Neue, in Gefühl und Ton
Helgoländische Gedichte.

Gleich zwei Damen traten an
Als poetsche Spracherwecker:
Tina Eilers wars und dann
Anna Catharina Becker.

Auf die Damen folgten die
Männer, die wir heut noch nennen,
Männer, deren Poesie
Alle Helgoländer kennen:

Es entstand das „Sleap, miin Kinn“,
Von Herrn Groneweg geschrieben,
Und manch andrer Vers, darin
Vieles Alte uns geblieben.

Doch am Köstlichsten geriet
In der Sprache unsrer Insel
Heinrich Claasens Blumenlied,
Hingetuscht mit feinstem Pinsel.

Poesie auf Helgoland
Sprosste ohne Problematik,
Und zu gleicher Zeit entstand
Des Professor Siebs' Grammatik.

Weiter will ich mitteilsam
Die Anthologie ergänzen:
Gerrit Singers „Nottleed“ kam
Und „iis Lunn“ von Djoåb Lorenzen.

Schließlich fing man damit an,
Gute Verse auszuwählen,
Und am Ende druckte man
Das „Van Boppen en Bedeelen“.

Sein Autor, dem Lob gebührt,
Friedrich Panse, hat hier eine
Neue Schreibart eingeführt
Zum Gebrauch fürs Allgemeine.

Diesem Buche folgt drum bald
Eine Fülle von Gedichten,
Denn nun kann sich Jung und Alt
Nach der neuen Schreibart richten.

Alten Stil schreibt Mary Franz,
Carmen Singer bindt Bukette,
Und James Packroß dichtet ganz
Klassisch Stanzen und Sonette.

Wenn die neue Genration
Auf der neuen Insel dichtet,
Ist das Haus der Sprache schon
Aufgestellt und hergerichtet.

Es ist stets derselbe Kram
In der Zeiten feinem Reigen.
Was an falschem Reichtum kam,
Wird die nächste Folge zeigen.

XX.

Schmuggelzeit oder: Falscher Besitz

Manche Not kehrt sich gemach
In das höchste Glück auf Erden,
Um gemächlich – nach und nach –
Wieder bittre Not zu werden.

Wollen wir das tiefste Leid
Mit dem höchsten Glück verwirrt sehn,
Nehmen wir die böse Zeit
Achtzehnhundertdrei bis -vierzehn.

Damals sperrte England kess
Erst die Weser, dann die Elbe,
Und in Lehe und in Tress
Tat Napoleon dasselbe.

Aber weil nun Engeland
Mit dem Festland handeln wollte,
Tats das über unsern Strand,
Wenn auch grimm der Däne grollte.

Über Husum, Tönning tat
Englands Handel flott florieren.
Mancher Helgoländer Maat
Musste britsche Schiffe führen.

Mancher Mann gewann dabei,
Teils durch Lotsen, teils durch Laden.
Doch die Inselfischerei
Und ihr Absatz litten Schaden.

Als Napoleon durch Dekret
England in die Ecke zwängte
Und am Ende – wies halt geht –
Herrisch den Boykott verhängte,

War die britsche Insel ganz
Von dem Festland abgeschnitten.
Doch am Strande Helgolands
Spielte es Napoleon Possen.

Denn es hat die Insel nun
Flugs den Dänen weggenommen
Und gesagt: „Dies muss ich tun
Zu der Insel Nutz und Frommen!“

Helgoland ward Lagerort
Für Britanniens Schmuggelwaren,
Und es kamen fort und fort
Große Segler angefahren.

Auf der Insel lag ein Schatz,
Der an zehn Millionen wert war,
Sodass jeder Lagerplatz
Hoch bezahlt und heiß begehrt war.

Mancher Händler hat sich hier –
Wie die Fama schaudernd kündet –
Mit dem Gelde von Papier
Seine Pfeife angezündet.

Plötzlich gab es Geld und Gold.
Schiffe kamen, Händler raunten:
Greift nur zu! Der Rubel rollt.
Und die Helgoländer staunten.

Sie verdienten zwar daran.
Aber auch die Preise stiegen.
Und so blieb am Ende dann
Wenig für die Insel liegen.

Achtzehnhundertvierzehn schon
Gabs hier viele leere Hände:
Abgedankt Napoleon;
Und die Schmuggelzeit zu Ende.

Gold und Reichtum waren weg.
Statt des Danebrog der Dänen
Wehte nun der Union-Jack
Auf dem Inselchen der Tränen.

Eine traurige Bilanz:
Helgoland, der Fels im Norden,
War nach diesem Teufelstanz
Ärmer als zuvor geworden.

Armut und Bescheidenheit,
Die man vorher froh getragen,
Wollten nach der reichen Zeit
Keinem Menschen mehr behagen.

Es ist stets derselbe Kram
In der Zeiten wehem Reigen.
Was nach diesem Goldrausch kam,
Wird die nächste Folge zeigen.

XXI.

Schmuggel und Liebe oder Hero und Leander auf Helgoland

Was die Schmuggelzeit gebracht,
War ein äußerst unsolider
Rascher Reichtum über Nacht
Und danach die Armut wieder.

Schmuggelzeit: Ein finstres Stück
Aus dem Buche der Geschichte.
Und doch strahlt ein kleines Glück
Aus dem düsteren Berichte.

Ein Geschichtchen ist es nur.
Doch man kann es den Novellen
Großer Liebeslitratur
Durchaus an die Seite stellen.

Requisiten: Konterband.
Szene: Wildes Durcheinander.
Doch dazwischen, Hand in Hand,
Lächeln Hero und Leander.

Held des Stücks und Hauptperson
Ist Claus Reimers, ein gescheiter,
Witzig-tapfrer Inselsohn,
Lotse, Seemann und so weiter.

In gefährlicher Mission
Segelt Reimers nach Cuxhaven,
Segelt hin und her, obschon
Kugeln oft die Bordwand trafen.

Manchmal stürmt es, manchmal wehts.
Manchmal knirschen Treibeisschollen.
Doch Claus Reimers segelt stets
Durch Geschütz- und Wogengrollen.

Seine Weggenossen sind
Nicht nur Mut und Glück alleine.
Mut allein ist dumm und blind.
Und das Glück hat kurze Beine.

Weshalb Claus erfolgreich ist,
Hat Odysseus schon erfahren:
Weil die Liebe und die List
Seine besten Helfer waren.

Eines Leuchtturmwärters Kind
Hat dem Schiffer beigestanden,
Also dass bei Nacht und Wind
Die Franzosen ihn nicht fanden.

Weil vom Leuchtturm von Neuwerk
Ihm ein Licht den Weg gewiesen,
Überlistete ein Zwerg
Herrn Napoleon, den Riesen.

Weil ein Licht ihm zugelacht,
Das die Liebeslist erschaffen,
Überwand er Nacht um Nacht
Wetter, Wellen, Wachen, Waffen.

Katharina hieß das Kind,
Das ihm seine Liebe schenkte,
Das ihm beistand, treu und blind,
Wenn der Franzmann ihn bedrängte.

Übers Meer und in Gefahr
Fanden sie sich zueinander,
Wie's am Hellespont einst war
Zwischen Hero und Leander.

Nur dass die Geschichte gar
Glücklich endet, unterscheidet
Sie von jenem Griechenpaar,
Das den nassen Tod erleidet.

Als der Franzmann nämlich bald
Kriegrisch nach Neuwerk gekommen,
Hat Claus Reimers mit Gewalt
Die Geliebte sich genommen.

In der Dämmrung morgens früh
Kommt er nach Neuwerk gefahren,
Eh Napoleons Kompanie
Seinen Segler kann gewahren.

Hoch zu Pferde auf dem Deich
Sah er die als Mann getarnte
Schwester Katharinas gleich,
Die den kühnen Schiffer warnte.

Doch Claus Reimers nimmt ihr Pferd,
Prescht zum Turme, holt Kathrin sich,
Aufgesessen. Umgekehrt.
Und zurück dann, keck und kühnlich.

Die Franzosen hinterher.
Schnell ins Schiff. Die Kugeln singen.
Anker auf. Hinaus aufs Meer!
Segel hoch! Es muss gelingen!

Schon entfernt sich Stück für Stück
Reimers Boot vom Kampfgetriebe
Und die Segel schwellt das Glück.
Und das Steuer führt die Liebe.

Und daheim auf Helgoland,
Als die Glockentöne schweben,
Gibt Kathrin dem Claus die Hand
Für ein ganzes langes Leben.

Es ist stets derselbe Kram
In der Zeiten heitrem Reigen.
Doch was nach der Hochzeit kam,
Soll die nächste Folge zeigen.

XXII.
Nach dem Goldrausch oder Traurige Lamentation

Niemals und zu keiner Zeit
Konnte jemand voll Vertrauen
Auf versprochne Dankbarkeit
Irgendwelcher Leute bauen.

Auch Claus Reimers hat dies nur
Allzubald an sich erfahren,
Als er heim zur Insel fuhr,
Nach den kühnen Schmuggeljahren.

Die vom britschen Gouverneur
Ihm versprochnen Berge Goldes
Blieben aus. Es blieb ihm nur
Ein Geschenk: Sein Weib, sein holdes.

Zwar ein goldner Orden kam,
Doch die fest versprochne Rente
Blieb ('s ist stets derselbe Kram!)
Leider eine Zeitungsente.

Und am Ende hatte Claus
Nur die Frau und seine Kinder,
Ein bescheidnes, kleines Haus
Und Verdienst mehr oder minder.

Also wurde Claus geäfft.
Doch er sagte sich wahrscheinlich:
„Heldentum ist kein Geschäft!"
Und das stimmt ja augenscheinlich.

Außerdem und überdies
Hatte niemand gut zu essen,
Und das goldne Paradies
War begraben und vergessen.

Auch der Friedensschluss zu Kiel
(Achtzehnhundertvierzehn kam er)
Nützte Helgoland nicht viel.
Grad mit ihm begann der Jammer.

Fische gabs, doch selten Brot,
Wenig Milch und viele Tränen,
Bittre Krankheit, Not und Tod
Und viel Pech mit Fischerkähnen.

Arm war jeder, bettelarm,
Denn die Not war Herr und Meister;
Und ihr folgte bald ein Schwarm
Andrer böser Plagegeister.

Stürme rasten, wild und schlimm.
Von den zwanzig Holzschaluppen
Gingen volle siebzehn im
Hafen gründlich in die Puppen.

Und von achtzehnhundertzehn
Bis zum Jahre dreißig haben
Große Stürme in den Seen
Viele Schiffersleut begraben.

Obendrein (die Not zieht ja
Immer neue Nöte an sich)
Kamen Ruhr und Cholera
Achtzehnhundertvierundzwanzig.

Dreiundsiebzig Leute sind
Opfer dieser Pest geworden.
Weder Mann noch Frau noch Kind
Blieb verschont vom leisen Morden.

„Was soll werden?“, fragte man.
„Wovon soll die Insel leben?
Eine Strandung dann und wann
Kann nicht ewig Brot uns geben.“

Brot zu schaffen, ist halt schwer,
Wenn man nicht beizeiten säte.
Ratlos war der Gouverneur,
Ratlos die Gemeinderäte.

Es ist stets derselbe Kram
In der Zeiten schlimmem Reigen.
Wie ein Mann und Helfer kam,
Wird die nächste Folge zeigen.

XXIII.
Jakob Andresen Siemens oder Der Prophet in seinem Vaterlande

Unsrer Insel größter Sohn
Starb entfernt vom Heimatstrande.
Ein Prophet (man weiß es schon)
Gilt halt nichts im Vaterlande.

Und wer gar noch genial,
Feurig und gedankenmächtig,
Gilt seit alter Zeit nun mal
Seinen Bürgern als verdächtig.

„Dieser Mann“, so sagt man flugs,
„Lag als Kind in Kinderbetten,
Trug als Bub die kurze Bux
Und als Jüngling Koteletten.“

„Warum also", fragt man brav,
„Soll er anders als die andern
Und bevorzugt wie ein Graf
Neben uns durchs Leben wandern?"

Ja, warum, weshalb, wozu?
Weil er, wenn er sicher wandelt,
Etwas wenger dumm als du
Und der Rest der Menschheit handelt.

Deshalb sollte man ihn frei
Handeln lassen nach Ermessen,
Was die Helgoländer bei
Jacob Siemens einst vergessen.

Djoåb Andresen Siemens war
Für die Insel groß und einzig.
Hier kam er zur Welt im Jahr
Siebzehnhundertvierundneunzig.

Irgendwo an Schleswigs Strand
Hat ein Dorfschulmeister diesen
Knaben Djoåb von Helgoland
Wissenschaftlich unterwiesen.

Als der Lehrling einer Werft,
Als Matros auf großen Schiffen
Hat er sich den Blick geschärft
Und den Geist zurechtgeschliffen.

Heimgekehrt nach Helgoland,
Dessen Gassen er durchschlendert,
Wurde er betrübt: Er fand
Nicht zum Besten es verändert.

Armut herrschte bitterlich.
Er erkannts mit leisem Grolle.
Und er überlegte sich,
Was man unternehmen solle.

Schließlich kam ihm die Idee,
Hier ein Nordseebad zu gründen
Und den Vorschlag stantepeh
Durch ein Büchlein anzukünden.

Siemens schrieb und Siemens sprach,
Siemens reiste als Vertreter
Des Gemeinderates nach
London und erklärte später:

„Niemand, niemand auf der Welt
Lässt als Financier sich finden.
Sammeln wir drum selber Geld,
Um das Seebad selbst zu gründen!"

Viele rieten Siemens ab,
Bei dem Plane auszuharren.
Doch schon drei Jahr später gab
Es die ersten Badekarren.

Wenige auf Helgoland
Scharten um den klugen Mann sich.
Dennoch: Unser Bad entstand
Achtzehnhundertsechsundzwanzig.

Widerstände gabs genug
Und nur wenig Helferhände.
Aber Siemens, zäh und klug,
Meisterte die Widerstände.

Langsam, langsam jedenfalls
Wuchs das kleine Seebad mächtig.
Aber Siemens galt bald als
Querulant und als verdächtig.

Unsrer Insel größter Sohn
Starb, verbannt vom Heimatlande,
Ohne Dank und ohne Lohn
Weit entfernt – am Themsestrande.

Es ist stets derselbe Kram
In der Zeiten dummem Reigen.
Was nach J. A. Siemens kam,
Wird die nächste Folge zeigen.

XXIV.
Das Modebad oder Nach der Entdeckung

Als die Badeanstalt wuchs,
Kamen sehr viel bessre Zeiten,
Und die Insel wurde flugs
Große Mode bei den Leuten.

Es hieß: „Auf zum Roten Kliff!
Seeluft ist das Allerbeste!"
Und ein neues Segelschiff
Brachte nun von Hamburg Gäste.

Auch so mancher Dampfer kam,
Teils aus Deutschland, teil aus Holland.
So „De Beurs van Amsterdam".
Und aus Bremen kam der „Roland".

Schon erschien ein dünner Band
Achtzehnhundertzweiunddreißig
Über Luft und See und Strand,
Insel, Düne und was weiß ich.

Hochbegeistert rief man jetzt:
„In der reinen wundervollen,
Scharfen Luft, die nicht verletzt,
Gibt es keine Blütenpollen!"

Diese Lüfte warn Arznei
Für die armen Heuverschnupften,
Sodass jetzt gar viele Heu-
Schnupfer auf die Insel hupften.

Aber auch für die Natur-
Forscher war das kleine Eiland,
Seit ein Segler dahin fuhr,
Unentdecktes, seltnes Neuland.

Doktor Haeckel fands so gut,
Dass er hier den Grundstein legte
Für ein neues Institut,
Das die Meeresforschung pflegte.

Man erforschte das Getier
Auf dem Meeresgrund, dem feuchten.
Und ein Herr erklärte hier
Erstmals auch das Meeresleuchten.

Selbst der große Goethe sprach
Über Helgoland erfreulich,
Eckermann berichtets nach
Goethes Tode ganz getreulich.

Dichter kamen scharenweis,
Manche kamen mehrmals wieder.
Heinrich Heine beispielweis
Schrieb hier seine Nordseelieder.

In die Gassen Helgolands
Ließ sich Friedrich Hebbel führen,
Um beim Apotheker Franz,
Seinem Freunde, zu logieren.

Und Herr Heinrich Hoffmann von
Fallersleben, wird berichtet,
Hat im Jahre vierzig schon
Hier sein Deutschlandlied gedichtet.

Herr von Bismarck kam sogar,
Und vom Hohenzollernthrone
Das erlauchte Kronprinzpaar
Kam mit Wilhelm, ihrem Sohne.

Langsam tropfte, tropf, tropf, tropf,
Geld in den Gemeindesäckel.
Und der alte Inseltopf
Kriegte einen neuen Deckel.

Neue Villen wuchsen auf
Und ein Schulhaus und gar balde
Führte auf den Fels hinauf
Eine neue Treppenhalde.

Und das Haus, das Börse war,
Als der Schmuggel noch florierte,
Wurde nun zum Kurhaus gar,
Drin man reizend konversierte.

Der Gemeindehaushalt war
Nun gesetzter und gesunder,
Man erlebte Jahr für Jahr
Ein gesalznes Wirtschaftswunder.

Helgoland ward blitz und blank
Nach der neuesten Methode.
Denn nun war es – Gott sei Dank –
À la mode, à la mode.

Es ist stets derselbe Kram
In der Zeiten feschem Reigen.
Was im Übrigen noch kam,
Wird die nächste Folge zeigen.

XXV.
Ein schwarzes Jahr oder Gräber, Stürme und Soldaten

Wo Betrübliches geschieht,
Pflegt es dreimal zu geschehen.
Wo man Not und Unglück sieht,
Kann man es meist dreimal sehen.

Nehmt das Fünfundfünfzgerjahr
Aus dem vorigen Jahrhundert,
Das ein schlimmes Beispiel war
Und selbst den Chronisten wundert.

Neue Gräber hebt man aus
Für den Tod, den großen Meister,
Soldateska kommt und haust.
Und es toben Sturmesgeister.

Trauriges Präludium
War ein Blitz nach heißen Tagen,
Der zu Donners Bassgebrumm
Tubaschmetternd eingeschlagen.

Ach, er packte nah am Meer
Eine Sängrin froher Lieder.
(Nie zuvor und nie nachher
Traf der Blitz die Insel wieder.)

Diese Sängrin (vor der Pest
Aus Sankt Petersburg geflohen)
Ging, vom Sturm verliebt gepresst,
Auf dem Strand, dem wellenfrohen.

Zwar der Donner grimmt und grollt,
Regen rauscht und prasselt nieder,
Wasser schäumt und Woge rollt,
Doch sie jubelt heitre Lieder.

Rot beschirmt, ein frohes Kind,
Geht Malvine Erck spazieren.
Doch der wildverliebte Wind
Heißt den Tod, sie zu entführen.

Durch die Luft, vom Blitz erhellt,
Geht ein Zucken, geht ein Beben,
Und ein roter Schirm zerspellt,
Und was drunter ist: ein Leben!

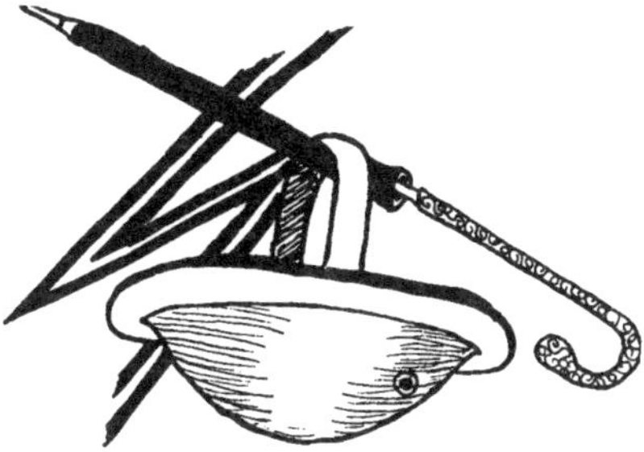

Eilig tat der Tod sein Werk,
Dass er sie nicht länger quäle.
Fahre wohl, Malvine Erck,
Liederreiche arme Seele!

Ach, es folgten ihr schon bald
Andre arme Seelen weiland,
Die das Wasser, stumm und kalt,
Schwemmte an das kleine Eiland.

Achtzehnfünfundfünfzig schon
Schuf man deshalb einen Garten,
Wo die Toten ihren Lohn
Von der Ewigkeit erwarten.

In dem Gärtlein, nah am Meer,
Ruhen jene unter Rosen,
Welche niemand kannte. Der
Friedhof ists der Namenlosen.

Ach, dies Fünfundfünfzgerjahr
Hat die Insel hart geschlagen.
Denn es brachte eine Schar
Unerwartet böser Plagen.

Hundert und noch einen Tag
War die Insel, welche mitten
Im erregten Meere lag,
Ganz vom Festland abgeschnitten.

Weh, da gabs in jedem Haus
Auf dem karg gedeckten Tische
Immerfort zu jedem Schmaus
Fische, Fische, Fische, Fische.

Und just in demselben Jahr,
Jenem ganz besonders schweren,
Musste man 'ne wilde Schar
Von Soldaten miternähren.

Weil der Zar von Russlands Thron
Über England sehr ergrimmt war,
Hauste hier die Legion,
Welche für die Krim bestimmt war.

Weil sich zwischen West und Ost
Zankten zwei Monarchenpinsel,
Kürzte man die schmale Kost
Einer armen kleinen Insel.

Es ist stets derselbe Kram
In der Zeiten schwarzem Reigen.
Was nach fünfundfünfzig kam,
Wird die nächste Folge zeigen.

XXVI.

Zwei bunte Jahrzehnte oder Kanonen, Zypernwein und Kabel

Zwei Jahrzehnte, buntbewegt,
Hab ich jetzt in kleinen Bildern,
Teils idyllisch, teils erregt,
Meiner Leserschar zu schildern.

Vom Jahr vierundsechzig bis
Vierundachtzig hingezogen
Hat sich Glück und Kümmernis
Auf dem kleinen Bilderbogen.

Erstes Bild auf dem Karton:
Achtzehnhundertvierundsechzig.
Dänmarks, Preußens, Östreichs Thron
Zanken sich und raufen mächtig.

Seegefecht bei Helgoland.
Die Kanonen brülln im Chore.
Tegetthoff ist Kommandant,
Östreichs großer Kommodore.

Wechselnd schießen die und die
Mal von Norden, mal von Süden;
Doch das Spiel schließt mit Remis.
Kurz: Es endet unentschieden.

Doch es hat bei dieser Schlacht
(Was ausdrücklich ich erwähne)
Eine Villa mitgemacht.
Und die Villa hieß „Irene“.

Denn in dieser Villa tät
Eine Frau zum Fenster schleichen.
Und sie gab dort abends spät
Mit ’nem Licht für Östreich Zeichen.

Sie empfing für diese Tat,
Als der Krieg beendet worden,
Durch ’nen Kaiserlichen Rat
Einen hohen goldnen Orden.

Seht nun auch das zweite Bild
Auf dem bunten Bilderbogen.
Es stimmt freundlich, sanft und mild
Wie das Öl auf wilden Wogen.

Eine Post ist da zu sehn,
Denn die Insel, die so kleine,
Wird postalisch souverän
Und spricht mit im Postvereine.

Sechsundsechzig schon signiert
Queen Victorias Vertreter.
Eigne Marken aber führt
Unsre Inselpost erst später.

Diese Marken, grün-rot-weiß,
Mit dem Bild Victorias, waren
Zu erheblich hohem Preis
Sehr begehrt in spätren Jahren.

Aber, ach, man fälschte sie,
Als die Post nicht souverän mehr,
Und die Welt-Philatelie
Schätzt von hundert keine zehn mehr.

Seht das dritte Bildchen jetzt:
Helgoland ('s ist wie 'ne Fabel)
Wird an's Telegraphennetz
Angeschlossen durch ein Kabel.

Achtzehndreiundsiebzig kam
Schon der erste Gruß geflogen
Durch den Draht, der lobesam
Mitten durch das Meer gezogen.

Viertes Bild: Es ist das Jahr
Achtzehnhundertachtundsiebzig.
Stürme bringen viel Gefahr,
Und gar manches Auge trübt sich.

Sechzehn Schiffe gehn zugrund
Bei den Stürmen aus Südosten,
Doch kein Menschenleben und
Nicht ein einzger Brückenpfosten.

Fünftes Bildchen: Zypernwein
Treibt im Vierundachtzgerjahre
In gewaltgen Fässern ein
Als willkommne Strandungsware.

Aus des Schiffs „Contente" Bauch
Stammte dieser Wein vom Süden.
Und „contente" war man auch.
Denn „contente" heißt zufrieden.

Es ist stets derselbe Kram
In der Zeiten buntem Reigen.
Was nach diesen Jahren kam,
Wird die nächste Folge zeigen.

XXVII.
Kurtheater – Welttheater oder Aus Spiel wird Ernst

Leben ist ein altes Spiel.
Neu sind stets nur die Kulissen.
Und Statisten gibt es viel,
Die darin zu spielen wissen.

Spielmann, Bettler, Potentat,
Fischer, Händler, Lehrer, Pater,
Bauer, Doktor und Soldat
Spielen mit im Welttheater.

Einer spielt um Ruhm und Gunst,
Einer selbstvergessen-heiter.
Und gar mancher spielt voll Kunst.
Auf der Schauspielbühne weiter.

Helgoland bot beides an:
Kurtheater – Welttheater.
Und es spielte jedermann:
Fischer, Händler, Landesvater.

Was das Kurtheater bot
Bis zum Jahre neunzehnhundert,
Hat durch Kunst und Aufgebot
Manchen Kenner bass verwundert.

Für das Insel-Abonnement
Spielten damals weltbekannte
Mimen: Ludwig Devrient
Oder Kainz, der Vielgenannte.

Gouverneur war seinerzeit
Maxse, der Major und Sir war
Und ein Freund der Schauspiel-Leut.
Und das ist durchaus erklärbar:

Seine Lady kam aus Wien
Vom berühmten Burgtheater,
Und sie unterstützte ihn
Als Agent und als Berater.

Nicht nur Mimen kamen, um
Auf der Insel zu gastieren.
Auch ein feines Publikum
Kam, sich hier zu amüsieren.

Ja, das Publikum war fein:
Gräfin, Graf und Baronesse.
Fürsten selbst. Und obendrein
Kritiker der Wiener Presse.

„Kurtheater Helgoland"
Galt als exquisite Chose.
Doch das Welttheater fand
Gleichfalls statt mit viel Getose.

Mittlerweile nämlich war
Unsre Insel hier im Norden
Für die Insel Sansibar
Eingetauscht und – deutsch geworden.

Gestern Ort für Spiel und Tanz,
Heute lärmende Tribüne.
Lustig spielte Helgolands
Feuerrote Felsenbühne.

Manches Stück ward vorgeführt,
Heute deutsch und gestern britisch.
Und stets wurde applaudiert,
Teils begeistert, teils mehr kritisch.

Kaiser Wilhelm, wohl bekannt,
Majestät von Gottes Gnaden,
Hat zum Schauspiel „Helgoland,
Deutschlands Felsen" eingeladen.

„Deutscher Fels im deutschen Meer,
Der schon immer stolz sich reckte!
Treuer Felsen, hoch und hehr!",
Sagten Wilhelms Reichs-Prospekte.

Ach, das Spiel, es wurde bald
Ernst für Spieler und für Gäste.
Trommel dröhnt. Und Kriegsruf schallt.
Helgoland wird deutsche Feste.

Die Bewohner mussten fort
Auf das deutsche Festland ziehen,
Weil von ihrem kleinen Ort
Die Kanonen Feuer spien.

Weltkrieg eins kam über Nacht.
Und der neue Landesvater
Gab das Drama „Deutsche Wacht“
Auf dem kleinen Kurtheater.

Es ist stets derselbe Kram
In der Zeiten wildem Reigen.
Was an Kriegstheater kam,
Wird die nächste Folge zeigen.

XXVIII.
Kriegstheater oder Rin in die Kartoffeln, raus aus die Kartoffeln

Ach, es ist das Militär
Nichts Erfreuliches auf Erden.
Diese Riesen-Feuerwehr
Kann oft selbst zum Brandherd werden.

Länder schlägt es krumm und dumm.
Selbst das Siegerland macht Pleite.
Und das Individuum
Wird verkrüppelt durch Gefreite.

Keuchend kriecht manch armer Hund
Unter den Soldatenstoffeln
Rin in die Kartoffeln und
Wieder raus aus die Kartoffeln.

Helgoland gings ebenso
Unter den diversen Kronen,
Welche hier wie anderswo
Keineswegs die Völker schonen.

In der Zeit der Dänen schon
Wurde Helgoland zur Festung.
Und es sorgte jeder Thron
Gern für der Soldaten Mästung.

Aber die Bevölkerung
Wurde wenger gut behandelt
Und des Felsens schöner Schwung
Immer wieder arg verschandelt.

Republik und Monarchie
Brachten statt der Butterbohnen
Blaue Bohnen. Und noch nie
Gab es Butter statt Kanonen.

Neunzehnhundertvierzehn ging
Die Bevölkerung aufs Festland,
Und der Insel-Festungsring
Wurde ein Soldaten-Mäst-Land.

Helden waren jetzt gefragt.
Die Vernunft ging abseits baden.
Und zum Schluss – Gott seis geklagt –
Ging bankrott der ganze Laden.

Neunzehnhundertneunzehn sprengt
Man der Festung starke Glieder.
Und der Helgoländer denkt:
„Aus. Finis. Und niemals wieder!“

Aber dreiunddreißig schon
Schweigen Kritiker und Krittler.
Denn auf Wilhelms morschen Thron
Setzt sich ein gewisser Hitler.

Käppis gibts statt Mützen und
Knobelbecher statt Pantoffeln:
Raus aus die Kartoffeln und
Wieder rin in die Kartoffeln.

„Wieder kommt ’ne Festung her!“,
Brüllt der austrische Gefreite.
Wieder gibt es Militär.
Wieder Krieg. Und wieder – Pleite!

Neunzehnfünfundvierzig sprengt
Man der Festung starke Glieder.
Und der Helgoländer denkt:
„Aus. Finis. Und niemals wieder!“

Aus? Finis? O Jesus Christ,
Treuer Hirt von deinen Schafen,
Gib uns, wenn es möglich ist,
Keinen neuen U-Boot-Hafen!

Vater unser, der du hoch
Oben in dem Himmel wohnest,
Wir erbitten noch und noch,
Dass du unser fürder schonest!

Lass die kleine Insel stehn!
Lass die Kinder friedlich schlafen!
Lass den Kelch vorübergehn
Und den neuen U-Boot-Hafen!

Denn sonst gehts mit gutem Grund
Rein in neue Katastroffeln:
Rin in die Kartoffeln und
Wieder raus aus die Kartoffeln.

Ach es ist das Militär
Nichts Erfreuliches auf Erden.
Diese Riesen-Feuerwehr
Kann oft selbst zum Brandherd werden.

Es ist stets derselbe Kram
In der Zeiten blutgem Reigen.
Was in Friedenszeiten kam,
Wird die nächste Folge zeigen.

XXIX.
Lob des Friedens oder Der Mensch lebt gern

Dass der Mensch kein Engel ist,
Wissen wir seit alten Zeiten.
Doch Soldat und Pazifist
Können eines nicht bestreiten:

Güte und Humanität
Blühn und wachsen nur im Frieden.
Wo die Welt in Flammen steht,
Werden beide gern gemieden.

Das, was uns zu Menschen macht:
Geist, Besonnenheit und Güte,
Kunst, Geschmack, Gesetz, Bedacht,
Kommt im Krieg nicht in die Tüte.

Denn Kanonen sind zu laut
Für des Friedens leise Stimmen,
Für den Tag, der friedlich blaut,
Während sanft die Wolken schwimmen.

Lasst uns nun die Friedenszeit,
Wenn die Tage freundlich blauen
Unterm Himmel hoch und weit,
Auf dem Inselchen beschauen:

Der Geruch von Teer und Tang
Wabert über Strand und Hafen.
Fischer fahren aus zum Fang,
Während noch die Kinder schlafen.

Langsam weiter rückt die Uhr,
Rückt auf fünf und sechs und sieben.
Man erhebt sich nun, und nur
Kranke sind im Bett geblieben.

Zangi fegt die Treppe schon
Mit den hundertachtzig Stufen.
Und man hört im „Haus zur Kron“
Gäste nach dem Frühstück rufen.

„Möchten Sie ein Ei, Madame?“,
Fragt Mariechen durch die Türe.
„Etwas Orangeaden-Jam
Oder Himbeer-Konfitüre?“

Eine weiße Möwe setzt
Sich im Schwung aufs Meer, aufs grüne,
Und das erste Boot fährt jetzt
Von der Brücke hin zur Düne.

Die Beamten insgesamt,
Die das Leben registrieren,
Sieht man zum Gemeindeamt
Durch die Kaiserstraß flanieren.

Fischersleute hatten Glück,
Denn sie kommen mit den vollen
Booten schon vom Fang zurück
Und verkaufen frische Schollen.

Langsam weiter rückt die Uhr,
Weiter rückt die Sonn am Himmel.
Badegäste fahren zur
Düne in das Strandgewimmel.

Zur Musik vom Pavillon
Macht man eine Promenade.
Und Marie im „Haus zur Kron“
Putzt das Spiegelglas im Bade.

Abend wird es allgemach.
Auf der Düne wird es leiser.
Man erleuchtet nach und nach
Hafen, Straßen, Plätze, Häuser.

Lautlos durch das Dunkel drehn
Sich des Leuchtturms Strahlenfinger.
Und zum Grog ins Wirtshaus gehn
Ohlsen, Hamkens, Denker, Singer.

Mütter singen: „Sleap, miin Kinn!
Schlafe, Kleines, ohne Sorgen!
Leg dich nun in Frieden hin
Und erwache frisch am Morgen!"

Sanft hernieder sinkt die Nacht.
Schiffe haben in der Ferne
Ihre Lichter angemacht.
Und es funkeln Friedenssterne.

Es ist stets derselbe Kram
In der Friedenszeiten Reigen.
Was an Friedenswerken kam,
Soll die nächste Folge zeigen!

XXX.
Bilanz des Friedens oder Der Mensch ist gut

Irgendwer erklärt, der Krieg
Sei der Vater aller Dinge,
Weil er nebst dem Waffensieg
Auch noch andres Gute bringe.

Heilge Einfalt! Krieg und Heer
Schufen manches wohl zum Morden.
Aber ohne Kriege wär
Menschlicher erfunden worden.

Größer als der Feuertanz
Zweier Heere, welche streiten,
Ist die stillere Bilanz
Tatenfroher Friedenszeiten.

Unverändert gilt auch heut:
Stärker ist das Herz als Eisen!
Und das soll uns, liebe Leut,
Helgolands Geschick beweisen.

Lasst uns (trotzend der Doktrin
Kriegerischer Einfaltspinsel)
Die Bilanz des Friedens ziehn
Auf der kleinen Nordseeinsel.

Nummer eins: Die Wissenschaft
Konstatiert am Forschertische,
Dass die Insel Wissen schafft
Über Wasser, Vögel, Fische.

Rätsel über Vogelzug,
Heringsarten, Meeresleuchten
Löste man hier kühn genug,
Wenn sie auch unlösbar deuchten.

Austernbank, Aquarium,
Hummerfelsen, Vogelarten
Waren seltne Plätze, um
Die sich Wissbegierige scharten.

Nummer zwei: Die Fischerei
Zeigt uns durch gar leckre Dinge,
Dass die Insel, wenn man frei
Fischen kann, uns Nahrung bringe.

Sie erbringt im Frieden stets
Jährlich fünfzigtausend Hummer.
Doch zur Zeit des Krieges gehts
Damit abwärts. Uns zum Kummer.

Dorsch, Makrele, Scholle, Aal
Sind der Reichtum unserer Netze,
Und ein friedlich Arsenal
Sind die reichen Hummerplätze.

Nummer drei: Die Medizin
Konstatiert aus gutem Grunde,
Dass ein Kranker aus Berlin
(Oder sonst wo) hier gesunde.

Besser als Tabletten sind
Zweifellos und ohne Frage
Sonne, Wasser, Salz und Wind,
Reine Luft und milde Tage.

Wird durch Kriegs- und Festungsbau
Unsre Insel nicht geschunden,
Können Mann und Kind und Frau
Froh und friedlich hier gesunden.

Nummer vier: Die Schifffahrt blieb
Auf die Insel angewiesen,
Wenn das Meer die Wogen trieb
Und die rauen Winde bliesen.

Nebelhorn und Rettungsboot,
Leuchtturm, Hafen und Signale
Halfen Schiffen aus der Not
Viele, viele hundert Male.

Manches Schiff schon ging zugrund,
Wenn im Krieg kein Leuchtturm strahlte
Und aufs dunkle Himmelsrund
Seinen hellen Dreizack malte.

Kriege sind zu gar nichts gut.
(Außer, wenn man sie vermieden.)
Was die Insel Gutes tut,
Tut sie immer nur im Frieden.

Größer als der Feuertanz
Zweier Heere, welche streiten,
Ist die stillere Bilanz
Tatenfroher Friedenszeiten.

Es ist stets derselbe Kram
In der Zeiten wirrem Reigen.
Wie ein Krieg aufs Neue kam.
Wird die nächste Folge zeigen.

XXXI.

Danse Macabre oder Bis zum bitteren Ende

Schlechte Zeiten, schlechten Wind
Hab ich heute zu vermelden.
Haupt- und Staatsakteure sind
Bräunliche Germanenhelden.

Sie verwickeln Helgoland
In ein böses Abenteuer.
Hakenkreuze an die Wand
Werfen ihre Sonnwendfeuer.

Sie gehorchen jenem Mann
Mit dem Bärtchen und dem Scheitel,
Der so teuflisch reden kann:
Eifernd, geifernd, laut und eitel.

Ehe sich ein Mensch versieht,
Muss er schon den Arm hochheben,
Um so dem Horst-Wessel-Lied
Seine Reverenz zu geben.

Helgoland, das staunend schwieg,
Wenn man Fahnen hat entfaltet
Für die Festlands-Politik,
Wurde plötzlich – gleichgeschaltet.

Auch die Festung wurde jetzt
Mit Zementen und Betonen
Aufgepäppelt und zuletzt
Vollgepackt mit Flak-Kanonen.

Arbeit, Geld und Reichtum kam,
Neue Molen und Gebäude
Und der Riesen-Gästeschwarm
Der Gesellschaft „Kraft durch Freude“.

Mancher hat sich eins gelacht,
Hat die Jacke stramm gezogen
Und ein tolles Geld gemacht.
Ach, sein Lachen ist verflogen.

Denn kaum fing der Wohlstand an,
Als die Angst sich beigesellte,
Weil die große Schlacht begann
Und die Kriegstrompete gellte.

Bomben gab es noch und noch,
Wenig Fleisch und sehr viel Knochen,
Und man ist im Bunkerloch
Tief im Fels herumgekrochen.

„Heil dem Führer!“, hats geschallt.
Laut ertönten Siegesweisen.
Aber lauter tönten bald
Bombertrecks aus Stahl und Eisen.

Angst, die fast den Atem nahm,
Herrschte täglich, herrschte stündlich.
Und als die Zerstörung kam,
Kam sie schnell und kam sie gründlich.

Es ist stets derselbe Kram
In der Zeiten bösem Reigen.
Wie das bittre Ende kam,
Soll die nächste Folge zeigen.

XXXII.
Marche Funèbre oder Stirb und werde

Hülle dich in Schwarz, Chronist,
Schwarz umkränze deine Leier!
Was jetzt zu berichten ist,
Werde Grab- und Totenfeier.

Dieses Eiland, das dein Reim
Durch Jahrhunderte begleitet,
Haus und Hafen, Herd und Heim,
Ist zum Untergang bereitet.

Alles dies, was Glück und Not
Seiner Menschen überdauert,
Hort und Heimat, Berg und Boot,
Werde im Gesang betrauert.

Einmal noch beschwöre hier
Jenen Frühling fünfundvierzig,
Seiner Gärten karge Zier,
Seine Lüfte, mild und würzig.

Einmal noch hineingeguckt
In die Gassen, in die Straßen,
In die Häuser, die geduckt
Unter feuchten Winden saßen.

Flieg noch einmal mit dem Wind,
Der an jenem Tag gesungen,
Dorthin, wo die Plätze sind
Freundlicher Erinnerungen.

Singe einer Insel Dank!
Sei kein Rächer und kein Hasser,
Singe still den Abgesang
Einer kleinen Welt im Wasser.

Preise sie im Sonnenglanz!
Singe ihre guten Taten!
Künde nicht vom Feuertanz
Schwerer Bomben und Granaten.

Lasse, Lied, die Toten ruhn!
Künde nicht vom Sieg der Heere!
Bitte, Lied, und bete nun,
Dass der Frieden ewig wäre!

Sage, Lied, kein Sieg sei gut
Und auch Sieg sei Unterliegen!
Schwarzer Tod und rotes Blut,
Sage, Lied, das heiße Siegen!

Wende, Lied, die Augen ab
Von dem Tag, der schwarz und rot ist!
Streue Blumen auf das Grab
Einer Insel, welche tot ist.

Schreibe auf das Kreuz aus Holz
Mit dem allerfeinsten Pinsel:
„Du warst schön und ohne Stolz.
Ruh in Frieden, alte Insel."

Kränze, Lied, das frische Grab
Mit den wunderbaren frischen
Farben, die sie selbst sich gab:
Grün und Weiß und Rot dazwischen!

Nimm ein Grün, das grünen kann!
Nimm ein Rot, das Wangen rötet!
Nimm das Weiß der Düne dann,
Das nicht Meer noch Bombe tötet.

Schweb dann, Lied, vom Grabe fort.
Singe Tätigsein und Hoffen!
Sing es hier und sag es dort,
Dass der Tat die Zukunft offen!

Banne fort Melancholie!
Sprich getrost vom Stirb und Werde!
Wage kühn die Prophetie
Einer neuen jungen Erde!

Singe das Zukünftige
Einer Insel, welche Mut hat!
Singe das Vernünftige
Und die Unvernunft, die Glut hat!

Kleide dich in Weiß, Chronist!
Lege ab den Flor und Schleier!
Sag, wie groß die Zukunft ist!
Und bekränze deine Leier.

Ist es stets derselbe Kram
In der Zeiten wildem Reigen?
Ach, ein neuer Anfang kam,
Und er heißt den Dichter schweigen.

XXXIII.
Epilog

Irgendwo ins grüne Meer
Hat ein Gott mit leichtem Pinsel,
Lächelnd, wie von ungefähr,
Einen Fleck getupft: Die Insel.

Jung erblüht aus Gottes Hand,
Glich sie einem Paradiese:
Rot der Felsen, weiß der Strand,
Grün die karge Inselwiese.

Ach, sie sollte nur zu bald
Menschlich, allzu menschlich werden.
Denn Phantom und Traumgestalt
Ist ein Paradies auf Erden.

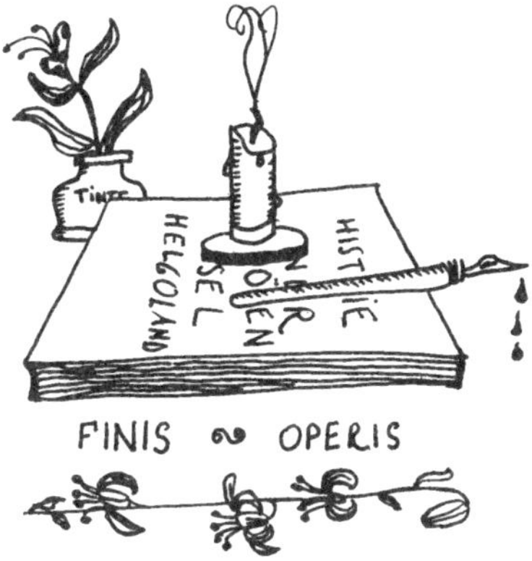

Helgoland liegt in der Welt.
Und die Welt ist eine Tüte,
Die Verschiedenes enthält:
Dummheit – Klugheit, Bosheit – Güte.

Was ich in der Tüte fand
Von den Freuden oder Plagen
Dieser Insel Helgoland,
Hab ich hier zusammengetragen.

Wenn euch manches nicht gefällt,
So bedenkt die vielen tristen
Übelstände dieser Welt
Und beschimpft nicht den Chronisten!

Doch nun schweige Lob und Spott
Und das Lied, das ich vollbrachte.
Helfe uns der liebe Gott,
Dass der Mensch den Menschen achte.

Dass die Insel wieder blüht
Unterm Schutze seiner Hände
Und dereinst wie dieses Lied
Sanften Geistes ende.

ENDE.

ANHANG

Über die Entstehung dieser Historie

Nachbemerkung des Autors

Im Herbst des Jahres 1948, als durch die Währungsreform die Deutsche Mark gerade wieder fest und kaufkräftig geworden war, wohnte ich, 22 Jahre alt, bei meinem ersten Verleger Max Bruhn in Reinbek bei Hamburg. Ich hatte die Prüfung für das Lehramt an Volksschulen gerade bestanden, aber nicht vor, den Beruf des Lehrers auszuüben, da mein Wunsch, entweder auf einer Hallig oder in einem Zirkus Lehrer zu werden, nicht erfüllt werden konnte. So beschloss ich kühn, mich als freier Schriftsteller zu etablieren, mir aber zur Sicherheit ein kleines regelmäßiges Zubrot zu verdienen durch ein Monatsblatt für die von ihrer Insel vertriebenen Bewohner meiner Heimatinsel Helgoland, die kurz vor dem Ende des Zweiten Weltkrieges noch zerstört worden war und nun englischen Bombenflugzeugen als Übungsziel diente. Auf diese Weise konnte ich den verstreut auf dem Festland lebenden Helgoländern helfen, den Zusammenhalt untereinander zu wahren, und zugleich, wenn auch zunächst sehr moderat nur, aufmerksam machen auf das Unrecht, das der Insel und ihren Bewohnern durch die Bombenwürfe zugefügt wurde.

Mit List und Glück gelang es mir, weil ich einen alten harmlosen Club von Helgoländern in Hamburg vorschob, von der Britischen Besatzungsmacht die Lizenz Nr. 1 für ein Monatsblättchen zu erhalten; und im Oktober 1948 erschien, nach einer vorausgegangenen Nummer im Zeitungsformat, in bescheidenerem Format, etwas kleiner als eine Schreibmaschinenseite, die Doppelnummer 1/2 von „Helgoland, ein Mitteilungsblatt für Hallunner Moåts", wobei „Hallunner Moåts" („Helgoländer Freunde") der Name des Clubs war, mit dessen Hilfe ich mir die Lizenz beschafft hatte.

An Mitarbeitern war kein Mangel. Ein junger Grafiker namens Rainer Schmidt gestaltete die zweifarbigen Titelblätter; ein alter versierter Journalist namens Hartmut Merleker, der sein Leben lang über Helgoland geschrieben und eine Helgoländerin geheiratet hatte, lieferte Beiträge; der Verleger, bei dem ich wohnte, gab technischen Rat; und der Drucker in Flensburg, Gustav Adolf Janssen, war gebürtiger Helgoländer. (Im Übrigen schrieb ich die meisten Beiträge zunächst noch selbst.)

Wenn mir damals im Jahre 1948 jemand gesagt hätte, dass dieses Monatsblättchen es auf volle hundert Nummern bringen und ich für seine Gründung einmal Ehrenbürger der Insel Helgoland werden würde, ich hätte ihn glatt ausgelacht. Aber die hundert Nummern wurden tatsächlich erreicht; und ich wurde an meinem 60. Geburtstag tatsächlich Ehrenbürger Helgolands.

So existierte das Blatt also noch, als zur Jahreswende 1950/1951 die zwei Heidelberger Studenten Georg von Hatzfeld und René Leudesdorff die immer noch als Bombenziel benutzte Insel besetzten und am Ende tatsächlich eine Einstellung der Bombenwürfe erreichten.

So existierte das Blatt noch am 1. März 1952, als die Insel offiziell wieder zur Besiedelung freigegeben wurde.

Und so existierte es auch weiter, als ich nach München verzog und Dr. James Packroß mit einem kleinen Mitarbeiterstab die Redaktion übernahm.

Vor allem aber existierte das Blatt noch in den Jahren 1955 und 1956, als ich an meinem Kinderbuch „Die Glücklichen Inseln hinter dem Winde“ saß und als Gegenstück zu meinem Archipel utopischer Inseln eine von Geschichte beschwerte reale Insel, nämlich Helgoland, in Versen besang und das sonntagsmalerhaft illustrierte. Die Historie, bei der ich mich von den Ausflügen ins Fantastische der Glücklichen Inseln erholte, erschien Monat für Monat auf der vorletzten Seite des Monatsblattes.

Da ich in jenen zwei Jahren nun viel auf Reisen war, die Folgen oder Gesänge (es wurden nach einem großen Vorbild 33) jedoch pünktlich liefern musste, entstanden mehrere Folgen an Orten, deren genius loci meinem Thema nicht eben wohlgesonnen war. So erinnere ich mich, auf dem Kalemegdan, der „Festung Belgerad“ des Prinzen Eugen, zwei Folgen im Herbstsonnenschein gedichtet zu haben. Und in einem römischen Tagebuch finde ich unter dem Datum des 17. Mai 1955 die Eintragung: „ Fra-Angelico-Ausstellung im Vatikan besucht. In der Sistina Verse für ‚Helgoland‘ verfaßt.“ (Heute, bei den Besuchermassen, die täglich durch die Sixtinische Kapelle geschleust werden, wäre das sicher nicht mehr möglich.)

Einmal, in München, half mir auch ein prominenter Zeitgenosse beim Dichten. Ich saß da im Kaffeehaus an dem für ihn reservierten Tisch, weil ich zu früh oder weil er zu spät dran war, und schrieb, da die Zeit wieder einmal drängte, Verse für die Historie, wobei ich vom Erscheinen jenes Zeitgenossen überrascht wurde, der seinerseits aber nicht die geringste Überraschung zeigte, als ich ihm sagte, dass ich dichte, da er – in Kurzschrift – ebenfalls am Kaffeehaustisch zu dichten pflegte. Ich las ihm dann auf seine Bitte, leicht geniert, das vor, was ich gedichtet hatte, und er empfahl die Streichung einer Strophe, die er nach einigem Überlegen neu für mich dichtete. Leider weiß ich heute nicht mehr, welche Strophe es gewesen ist. Ich weiß nur, dass von den 612 Strophen der Historie eine von Erich Kästner stammt.

Mein letzter Tagebucheintrag zum Thema Helgoland-Historie, unter dem Datum des 11. Dezember 1956 eingetragen, lautet: „Letzte Verse und Epilog für ‚Helgoland‘ geschrieben.“

Erst später entdeckte ich, dass das Erscheinen meiner Historie vom Prolog bis zum Epilog exakt in einen kalendarischen Rahmen eingepasst war; denn der Abdruck begann im Januar 1955 und hörte im Dezember 1956 in der Nummer 100 auf. Damit endete meine Vers-Historie und zugleich das Monatsblatt, da ja die Insel nun wieder besiedelt wurde und statt nostalgischer Betrachtung der Vergangenheit tätige Mithilfe in der Gegenwart gefordert war.

So wurden meine Verse eingesargt; und nur gelegentlich zitierte noch ein älterer Insulaner daraus ein paar Zeilen. Erst im Jahre 1987, 31 Jahre nach dem letzten Abdruck im Monatsblatt, als in Frankfurt am Main im Struwwelpeter-Museum eine James-Krüss-Ausstellung stattfand, entdeckte der Initiator der Ausstellung, G. H. Herzog, die Historie und beschloss, ein Buch daraus zu machen …

Insel Gran Canaria, Sommer 1988 James Krüss

James Krüss im Frankfurter Struwwelpeter-Museum, Oktober 1987. Das Bild im Hintergrund ist ein von ihm gemaltes Selbstporträt als „Ökopeter“.

James Krüss über sich selbst

1926 Am 31. Mai, einem Montag, vier Tage nach Vollmond, auf der Insel Helgoland geboren als erstes Kind des Elektrikers Ludwig Krüss und seiner Ehefrau, der Hummerfischertochter Margareta, geb. Friedrichs. Getauft auf die Namen James Jacob Hinrich.

1928 Geburt der Schwester Erni, der der Bruder bei der ersten Besichtigung eine Ohrfeige gibt.

1930 Geburt der Schwester Marlis. Vater arbeitslos, hat also Zeit für seinen Jungen. Dessen Berufswunsch: arbeitslos.

1931 Das erste Gedicht verfasst, in Helgoländer Friesisch.

1932 Eintritt in die Volksschule an der Hand seiner Freundin Lydia Bufe.

1933 Entsetzen beim Anblick der toten Obergroßmutter.

1934 Röhmputsch. Die Zigarettenbilder von Röhm müssen gegen die von Victor Lutze umgetauscht werden.

1936 Gegen einen Lehrer, der in die Ohren kneift, Zeitschrift *Die Kneifzange* gegründet, Preis 5 Pfg., Linolschnitte Jäckie Singer.

1938 Geburt des Bruders Detlef

1939 Am 1. September Ausbruch des Zweiten Weltkrieges. Die der Insel vorgelagerte Badedüne wird zum Ärger aller Kinder Militärgelände.

1940 Verspätet in die Mittelschule gekommen.

1941 Bombeneinschlag in unmittelbarer Nähe. Evakuierung der Helgoländer Familie erst nach Arnstadt in Thüringen, dann nach Hertigswalde bei Sebnitz in Sachsen.

1942 Mittelschulabschluss. Lehrerbildungsanstalt Lunden/Schleswig-Holstein. SPRUNG AUFS FESTLAND. Insel nur noch in den Ferien besucht.

1943 Lehrerbildungsanstalt Ratzeburg.

1944 Bernhard-Rust-Hochschule Braunschweig. Hier ein Stück in Versen, *Münchhausen fährt zum Monde*, frei nach Erich Kästners Film gedichtet, das von Studenten unter Mitwirkung des Autors aufgeführt wird. Seit Spätsommer Soldat der Luftwaffe.

1945 Nach der Kapitulation von Aussig in Böhmen zu Fuß und per Rad nach Hamburg. Dann zu den Eltern nach Cuxhaven. Helgoland unbewohnbar.

1946 Tod des Vaters, der nur 42 Jahre alt wurde. Erstes Buch *Der goldene Faden* veröffentlicht im Parus Verlag, Hamburg. Beginn des Studiums an der Pädagogischen Hochschule Lüneburg.

1948 Examen als Volksschullehrer. Zum Verleger des Parus Verlages, Max Bruhn, nach Reinbek bei Hamburg gezogen. Die Zeitschrift *Helgoland* gegründet für die von ihrer Insel vertriebenen Helgoländer. Die Zeitschrift existierte bis 1956.

1949 SPRUNG IN DEN SÜDEN zu Freunden in Lochham bei München. Nur zu Besuchen in den Norden zurückgekehrt.

1950 Zimmer in Lochham gemietet. Bekanntschaft mit Erich Kästner. Mit ihm in Hilversum. Funkbearbeitung seiner *Konferenz der Tiere.*

1951 Kinderhörspiele für alle deutschen, später für viele europäische Sender. Kindergedichte regelmäßig in „Die Neue Zeitung“ und „Süddeutsche Zeitung“, beide München. Erste Italienreise.

1952 Aufenthalt auf der Insel Terschelling. Holländisch gelernt. Zweite italienische Reise. Erster Aufenthalt an der jugoslawischen Adria.

1953 Erstes Bilderbuch *Hanselmann reist um die Welt*. In London.

1954 Mit Peter Hacks an der jugoslawischen Adria. Gemeinsam Kindergedichte verfasst. Sie später geteilt.

1955 Dritte Italienreise. Jugoslawien per Zug erobert. Schon in der Lage, sich serbokroatisch auszudrücken.

1956 Erstes Kinderbuch *Der Leuchtturm auf den Hummerklippen* im Verlag Friedrich Oetinger, Hamburg, der Hauptverlag wird. Reisen nach Jugoslawien, wo der Leuchtturm einige Monate vor der deutschen Originalausgabe in kyrillischer Schrift erscheint, und nach Griechenland. Autounfall in der ungarischen Puszta heil überstanden.

1957 Entstehen des Kinderbuches *Mein Urgroßvater und ich* vom 9. Januar bis 14. September. Erscheinen des erfolgreichsten Bilderbuches *Henriette Bimmelbahn.* Reisen in Bayern.

1958 Arbeit an der Kindergedicht-Anthologie *So viele Tage wie das Jahr hat.* Wegen der ständigen Frequentierung der Bayerischen Staatsbibliothek zusätzlich ein Zimmer in München gemietet. Vierte Italienreise. Auch wieder in Jugoslawien.

1959 Mit Gelbsucht im Krankenhaus und zur Kur. Die im Vorjahr begonnene *Geschichte von Gay, der sein Lachen verkaufte,* fortgesetzt und umbenannt in *Timm Thaler oder Das verkaufte Lachen.* Wieder in Jugoslawien.

1960 Deutscher Jugendbuchpreis für *Mein Urgroßvater und ich.* Über Nacht berühmt wegen einer 10-minütigen Lesung daraus in der Fernseh-Tagesschau. Empfänge durch den Hamburger und Berliner Senat. Kauf eines Häuschens mit Garten in Gilching bei München.

1961 Zum ersten Mal nach dem Krieg wieder auf Helgoland. Nach Jugoslawien zum Tintenfischstechen. Intensive Arbeit an *Timm Thaler.*

1962 Beendigung und Erscheinen von *Timm Thaler oder Das verkaufte Lachen.* In Jugoslawien.

1963 Fernseh-Serie für Kinder *Abc und Phantasie.* Lesereisen. Reise nach Jugoslawien.

1964 Deutscher Jugendbuchpreis für *3 x 3 an einem Tag* (Bilderbuch, illustriert von Eva Johanna Rubin). Erstes eigenes Auto, aber kein Führerschein. Letzte Reise nach Jugoslawien. Reisen ins Elsass, in die Schweiz, nach Österreich und nach Teneriffa.

1965 Beginn der Fernseh-Serie für Kinder *James' Tierleben.* Mit Suzanne Doucet, Hans Clarin und der Musik von Christian Bruhn. Große Popularität. Reise nach Gran Canaria. Dort ein Haus erworben.

1966 Ausstellung in der Stadtbücherei München zum 40. Geburtstag.

Umzug nach Gran Canaria. SPRUNG AN DIE AFRIKANISCHE KÜSTE. Spanisch gelernt. Nur noch zu Besuchen in Europa.

1967 In Berlin Namensgebung der ersten James-Krüss-Schule. Auf der kleinsten Kanarischen Insel, Lobos, Film mit Hans Clarin gedreht. Sahara-Aufenthalt. Dort *Mein Urgroßvater, die Helden und ich* beendet.

1968 Mit dem Internationalen Jugendbuchpreis, der Hans-Christian-Andersen-Medaille, für das Gesamtwerk ausgezeichnet. In Madrid Vortrag auf Spanisch gehalten. Wieder in der Sahara.

1969 In Südwestafrika und in Spanien. Sehr viel Besuch aus drei Kontinenten. Auf dem Dach des Hauses auf Gran Canaria Bau des Studios, in dem der Zyklus *Die Geschichten der 101 Tage* beendet werden soll.

1970 Gloria Fuertes und andere oppositionelle Autoren Spaniens zu Gast. Beschäftigung mit Sprachproblemen. Zusammenstellung der Nonsens-Anthologie *Seifenblasen zu verkaufen*. In Europa.

1971 Fernseh-Serie *Alle Kinder dieser Erde* mit Udo Jürgens. In Portugal. Beginn der kanariologischen Studien.

1972 In Moskau, Kiew und Leningrad mit Barbara König, Ingeborg Drewitz, Günther Wallraff, Carl Dedecius und Paul Schallück. Wahl in den PEN-Club.

1973 Tosiro Uedo erhält vom japanischen Übersetzerverband den ersten Preis für seine Übersetzung der *Ausgewählten Werke* von James Krüss.

1976 50. Geburtstag auf der Insel Helgoland gefeiert. Erscheinen einer umfangreichen Bibliografie von Marga Knauer, Sekretärin von James Krüss, im ‚Oetinger Almanach'. Geburtstagsfeier in der DDR in kleinerem Rahmen im Köpenicker Schloss. (Die meisten Krüss-Bücher erschienen von Anfang an auch in der DDR, manche sogar dort zuerst.)

1977 Vortrag im „Institutum Canarium", Hallein/Österreich. Anschließend Lesungen in beiden Tirol und fünfte Italienreise. Jahresende auf Helgoland.

1978 Arbeit an der Gesamtkonzeption des Zyklus. Reisen nach Madrid und Athen.

1979 Vortrag im PEN-Club in Hannover. Reise nach Griechenland. Beginn der Arbeit am *Schmöker-Lexikon* und am Roman *Der Harmlos*. Ende des Jahres *Timm Thaler* als Serie im Fernsehen.

1980 Reise durch die spanische Landschaft La Mancha auf Don Quijotes Spuren für die Zeitschrift GEO.

Reise in die USA. In New York Empfang durch Verlag Atheneum.

1981 Viel Besuch, darunter von Janosch, der auf die Kanarischen Inseln übersiedeln will, und Heinar Kipphardt, der hier sein Traumbuch beendet. Reise im Auto mit Chauffeur zur Namensgebung der James-Krüss-Schule in Barmstedt bei Hamburg. Tod der Mutter.

1982 Abwechselnd Arbeit am Roman, am Lexikonband und am Zyklus. Einige Tage in totaler Einsamkeit in einer Bucht der Kanareninsel El Hierro. Reise nach Venezuela. Hier zum ersten Mal im Urwald.

1983 Arbeit am Roman und am Zyklus. Große mitteleuropäische Reise im Auto mit Chauffeur: Vorstellung von *Meyers Buch vom Menschen und von seiner Erde,* erschienen im Bibliographischen Institut, Mannheim, anschließend sechste Italienreise, Reise nach Südfrankreich und an die Ost- und Südküste Spaniens.

1984 Feier des 58. Geburtstages in der Deutschen Schule in Madrid. Anschließend in Las Palmas Herzinfarkt, sekundär verursacht durch heftige Temperaturunterschiede. Danach Rauchen ganz, Alkohol fast ganz eingestellt. Ende des Jahres schon wieder zu einer einstündigen Fernsehsendung in Berlin fähig.

1985 Lesung in der Akademie der Künste, Berlin, und im Ostberliner Theater im Palast. Keine Reisen. Beendigung des Zyklus.

1986 Mit dem Buch *Nele oder Das Wunderkind,* das im August erscheint, liegt der Zyklus im Verlag Friedrich Oetinger geschlossen vor. Eine 17-bändige Taschenbuchausgabe, bei der die Tage von 1 bis 101 durchgezählt werden, erscheint ab Mai im Otto Maier Verlag, Ravensburg. Verleihung des Portugalesers in Silber durch den Senat der Freien Hansestadt Hamburg.

1987 Während der Frankfurter Buchmesse Eröffnung einer Krüss-Ausstellung im Struwwelpeter-Museum, die bis Januar 1988 läuft. Auftritt im Sendesaal des Süddeutschen Rundfunks in Karlsruhe.

1988 Lesungen auf den Inseln Lanzarote und Gran Canaria, auf dem Dreimaster „Rickmer Rickmers“ im Hamburger Hafen und im Umkreis von München. Erscheinen des Romans *Der Harmlos,* 1. Band, im Verlag Rasch und Röhring in Hamburg.

Ergänzung von Kirsten Rickmers-Liebau

1989 Eine Herzoperation und zwei Aufenthalte in den folgenden Jahren in einer Herzklinik in den USA zwingen James Krüss zur Ruhe.

1990 Das Liederbuch *Celloläut und Geigophon* erscheint bei Patmos.

1992 Fahrt nach Deutschland, letzter Besuch der James-Krüss-Schule Barmstedt
Beginn der Zeichnungen *Phantastische Blätter*

1993 Weitere Zeichnungen *Phantastischen Blätter*
Arbeit am *Versuch der Entzifferung des Diskus von Phaistos*

1996 Anlässlich des 70. Geburtstages: Verleihung des Bundesverdienstordens 1. Klasse
Die Deutsche Akademie für Kinder- und Jugendliteratur verleiht Krüss den großen Preis für sein literarisches Gesamtwerk.
Aufenthalt in einer Baseler Klinik.

1997 James Krüss stirbt auf Gran Canaria und wird am 27. September vor Helgoland auf See bestattet.

Inhalt